Ilse Hampe

Freundschaft

Inhaltsverzeichnis

KINDERSPIELEREIEN

Der Bruder

Sie stürzte. Und fiel auf die Plattenkante. Jemand hatte sie geschubst. Von hinten. Tückisch. Das fröhliche Spiel unterbrochen, das Hüpfen von einer Platte auf die nächste, um ein Versinken im schlammigen Boden zu vermeiden. Etwas Flüssiges lief ihr über das Auge. Stephanie erschrak und richtete sich auf. Schon stand Demian an ihrer Seite, legte seinen Arm um ihre Schulter, tröstete sie. Sie konnte das Heulen nicht unterdrücken. Wenn sie das Augenlicht verlor? Wer konnte nur so missgünstig, so bösartig sein, sie bewusst und arglistig zu stoßen? Die Gruppe der Kinder versammelte sich um sie. Keiner hatte den Missetäter gesehen, dabei musste er direkt hinter ihr gestanden haben. Das Spiel war beendet. Stephanie trottete nach Hause, an der einen Hand den Bruder, an der anderen die Busenfreundin Kathrin. Warm fühlte sich ihre Haut an. Es war die Wärme ihres Herzens. Nie ließen sich die beiden Mädchen in Stich.

Stephanies Weinen war im ganzen Treppenhaus zu hören. Die Mutter versuchte, ihre Tochter zu beruhigen. Behutsam betrachtete sie die Wunde. Sie betraf nicht wie angenommen das linke Auge, sondern nur die Augenbraue darüber. Ein kleiner Schnitt. Sie betupfte ihn vorsichtig; Stephanie riss sich zusammen, um nicht aufzuschreien. Die Narbe und die Erinnerung an diesen Tag würde sie ihr ganzes Leben lang begleiten.

Sie wohnten in einer kürzlich erst fertiggestellten Wohnhaussiedlung. Nachkriegszeit. Die Umgebung trist. Die Gartenanlagen noch nicht errichtet; deswegen nach den häufigen Regenfällen aufgeweichter Boden überall, wo die Kinder sich zum Spielen aufhielten. Mancherorts waren Platten in schrittweiser Entfernung voneinander ausgelegt. An diesem Tage hatten sie Fangen spielen wollen. Zu gefährlich unter den gegebenen Umständen. Die Kinder zu unvernünftig. Demian hätte es mit seinen 10 Jahren besser wissen müssen. Stephanies ständiger Beschützer, der auch die neckenden Bösewichter auf dem Schulweg von ihr fernhielt. Ihre goldenen lockigen Haare fielen auf. Wenn auch noch die seltene Sonne auf sie schien, glänzten sie und blendeten die Betrachter. Statt ihre Bewunderung und Verzückung zum Ausdruck zu bringen, ärgerten die Buben das wehrlose Mädchen. Wenn Demian nicht gewesen wäre! Der stellte sich breitbeinig, mit finsterer Miene vor sie, öffnete schützend seine Arme vor ihr und hielt die frechen, aber feigen Jungen in Schach. Wehe, wenn er nicht in Sichtweite war! Dann fing der Singsang mit *„goldilocks"* oder *„mein Goldköpfchen"* an. Kathrin versuchte wie immer behilflich zu sein, aber die zwei Mädchen waren den Buben gegenüber machtlos. Es blieb ihnen nichts anderes übrig, als eiligst davonzulaufen. Stephanie erschien zu Hause Tränen überströmt. Sie bat die Mutter, ihr den Kopf zu scheren, ihr eine tief sitzende Mütze aufzusetzen, alles, nur nicht diese Haarpracht tragen! Das brachte die Mutter nicht über das Herz. Das hieße, die Schönheit ihrer Tochter verstümmeln, ihr ganzer Stolz! Die Belästigungen würden schon vergehen. Die Knaben würden in Bälde an der eigenen Belustigung keinen Spaß mehr finden. Sie verstand sehr gut, dass sich die Jungen im Grunde genommen in die hübsche Stephanie verguckt hatten. Sie wollten sich nicht eingestehen, wie verliebt sie waren.

Schon bald mussten die Klassenkameraden auf Stephanie aufschauen. Unter ihrem leuchtenden Haarschopf verbarg sich nämlich ein ebenfalls leuchtendes Gehirn. Dieses wusste die Lehrerin zu nutzen. Sie setzte sie als ihre Gehilfin im Unterricht ein. Das Schülerin sollte den langsamen Kindern bei den Rechenaufgaben behilflich sein. Eine schlaue Lösung, wenn man vierzig Kleine mit unterschiedlicher Begabung gleichzeitig unterrichten muss.

Derweil verwöhnte der treue Demian seine Schwester. Von seinem kargen Taschengeld kaufte er hin und wieder für beide eine Rosinenschnecke, die er brüderlich zwischen ihnen aufteilte. In der Osterzeit, in der Stephanie ihre Portion Schokoladeneier in Windeseile gierig verzehrte, zweigte er einen Großteil seiner Habe an sie ab. Nicht dass er diese Leckereien verachtet hätte, nein, er tat es aus Großherzigkeit, aus einem Pflichtgefühl seiner um vier Jahre jüngeren Schwester gegenüber. Dafür erhielt er ihre Bewunderung, ihre Hochachtung. Des Lohnes genug. Was er alles konnte! Er schnitzte die wundervollsten Tierchen aus einfachem Holz. Beim Schwimmen im nahe gelegenen Badesee war er der schnellste, ließ Stephanie aber nie alleine im tiefen Wasser zurück. Auf den hohen Bäumen ergatterte er auch noch die letzten Kirschen am obersten Zweig! Beim Rodeln auf dem Hausberg zog er sein Schwesterlein meist den Hügel hinauf, um nachher unter tosendem Gelächter mit ihm hinunter zu sausen. Seine Hilfsbereitschaft war grenzenlos.

Caroline

In den folgenden Jahren kamen andere Menschen hinzu, die sich wiederholt für Stephanie als wertvoll erwiesen. Kathrin war stets für sie da, aber sie besuchte eine andere Schule, sodass sich die Freundinnen nur gelegentlich am Nachmittag zum Spielen treffen konnten. Wäre hingegen Caroline im Gymnasium nicht gewesen, hätte sie nicht den geliebten Bruder ersetzt, indem sie Stephanie als Freundin auserkor, sie in den Ferien für mehrere Tage einlud in das elterliche Sommerhaus am Meer, sie später auf Partys mitnahm, sie unterwies im Umgang mit den jungen Männern, mit denen sich Stephanie noch sehr unsicher gab, ihr eine Schwester wurde, ihr die Weitläufigkeit des Lebens und der Gesellschaft offenbarte, ihr vor allem die Sicherheit für alle Lebenslagen unterbreitete, so wäre Stephanie sicherlich sehr einsam und unerfahren geblieben. Caroline, die Lehrmeisterin der schüchternen Stephanie. Die eine gab, die andere empfing, zu beider Zufriedenheit. Somit war Stephanies Blick auf diese Jugendjahre von Dankbarkeit gezeichnet. Ein Herz und eine Seele waren die Mädchen gewesen! Sehnsucht ergriff sie, wenn sie an das Aufteilen und den Verzehr des einzigen Schinkenbrötchens, das sie sich manchmal auf einmal leisten konnten, zurückdachte! Gemeinsam auf einer Bank sitzend, plaudernd, wurde der Genuss durch das Bewusstsein des Verzichts gesteigert. Geteilt stellte mehr dar als ein Ganzes. Nicht anders geschah es mit dem Speiseeis, an dem jede abwechselnd schleckte, wenn wieder mal Ebbe in den Taschengeldkassen herrschte. Oder das gemeinsame Pfannkuchenbacken! Berge hatten sie vertilgt! Einfach, weil alles in der Gemeinsamkeit besser mundet. Wie oft hatte Stephanie nicht auf Caroline gewartet, um mit ihr beispielsweise nach deren Geigenunterricht den Heimweg einzuschlagen! Umgekehrt tat es Caroline ebenso. Manche Kleidungsstücke, die beiden passten und standen, wechselten ohne weiteres den besitzenden Körper. Gegenseitige Bemerkungen, Verbesserungsvorschläge in der

Frisur oder zur Schminke, trugen sie sich immer behutsam, nie böswillig vor. Als Caroline einmal aus Krankheitsgründen nicht am Schullandheimaufenthalt teilnehmen durfte, wandte Stephanie einen Trick an, um nach Hause geschickt zu werden: Sie steckte den Finger in den Rachen, wodurch sie sich übergeben musste. Sie fingierte schreckliche Bauchschmerzen und erreichte ihr Ziel. Daheim angekommen, waren alle Symptome wie von Geisterhand verschwunden, und Stephanie konnte der tatsächlich kranken Caroline durch tägliche Besuche beistehen. Nach dem Motto: Freundschaft macht erfinderisch. Auch andere Grenzüberschreitungen begingen sie. Zum Beispiel die Fahrten per Rad an den Baggersee. Strengstens verboten waren sie. Angeblich gefährlich durch Sogströmungen im Wasser. Die beiden jungen Frauen waren das lebendige Beispiel des Gegenteils, denn sie schwammen häufig im etwas trüben Gewässer, ohne unterzugehen! Auch von dem Felsvorsprung sprangen sie mutig ins Wasser. Noch strenger verboten! Einmal vergaß dabei Stephanie ihre Sonnenbrille auf der Nase. Verschwunden war sie im tiefen Wasser. Alle Tauchgänge blieben ergebnislos. Die getönte Weitsichtbrille versteckte sich strafend im seichten Seeboden. Welche Geschichte zu Hause auftischen? Dass sie sie in einem Café liegen gelassen und jemand sie entwendet habe? Eine Lüge ergab die nächste! Diese Geheimnisse aber banden die Freundinnen noch enger aneinander.

Gemeinsam machten sie kleine Experimente mit dem Rauchen. Mehr als ein unaufhörliches Husten ergaben sie nicht. Ein kleine Menge Marihuana musste eines Tages auch ausprobiert werden. Zusammen mit zwei Klassenkameraden, die den Stoff besorgt hatten, trafen sie sich bei einem der

Jungen. Die Aufregung war groß! Die Angst umso größer! Deswegen rauchten die Mädchen dermaßen wenig, dass sie keine Wirkung spürten und erleichtert nach Hause zogen. Wieder um eine Erfahrung reicher, die man getrost ad acta legen konnte!

Noch schlimmer war ein weiteres Vergehen. Alle beide liebten Schokolade. Nicht immer verfügten sie über genügend Geld, um sich welche zu leisten. Also ließen sie mal hier, mal da eine Tafel im Laden mitgehen. Sie hatten Glück. Sie wurden nicht erwischt, nicht entdeckt. Dadurch wurden sie übermutig. Das Stehlen wurde zum Sport, bei dem sie einen wohltuenden Kick verspürten; die Gefahr betörte sie. Manchmal entwendeten sie auch Produkte, die sie nicht benötigten, einfach des Spaßes wegen. Sie fühlten sich stark, lachten über die Naivität der Angestellten. Waren diese überbeschäftigt? Oder gar desinteressiert? Doch einmal traf es Stephanie. Sie hatte mehrere Süßigkeiten in ihrer Tasche versteckt und nur die elterlichen Aufträge für Käse und Wurst auf die Theke gelegt. Bei dieser Gelegenheit hatte man sie beobachtet. Der Ladenbesitzer erschien und forderte sie auf, ihre Tasche zu entleeren. Verängstigt tat sie so, als hätte sie aus Vergesslichkeit den Inhalt nicht von selbst preisgegeben. Der Chef blieb hart. Er handelte als guter Psychologe und Lehrmeister: *„Entweder entrichten Sie das Dreifache des Preises dieser versteckten Ware oder ich rufe die Polizei!"* Stephanie erschrak! Selbstverständlich zahlte sie. Zitternd verließ sie den Laden und kehrte nie wieder zurück. Aber sie hatte ihre Lektion gelernt! Sie schlug nun den absolut legalen Weg ein.

Übler traf es Caroline. Sie wurde ertappt und angezeigt. Sie kam auf die Polizeiwache. Als Minderjährige wurden ihre Eltern hinzugezogen. Die erledigten den Fall schnell, horchten danach ihre Tochter gründlich aus. Sie kamen zu dem Schluss, dass Stephanie die unbescholtene Caroline verführt, verdorben hatte. Sie wollten ihr sogar den Umgang mit der Herzensfreundin verbieten, was Caroline durch echte Reue und Beteuerung zur Besserung zu vermeiden gelang.

Marion

Aus dem Duo wurde bald ein Trio. Marion schloss sich den beiden an. Die neu gegründete Dreierbeziehung funktionierte hervorragend. *„Die Unzertrennlichen"*, so wurden sie genannt. Sie handelten nach Sándor Márais Definition von Freundschaft in seinem Werk *„Die Glut"*: *„Einen anderen Menschen mit Körper und Seele der Welt wegzunehmen, ihn sich ganz zu eigen machen. Denn das ist es was Liebe und Freundschaft wollen."* Harmonisch, ohne Eifersüchteleien, verlief ihr Zusammensein. Eine tiefsitzende Zuneigung verband sie. Sie gingen durch dick und dünn, ja im wahrsten Sinne der Worte! Einmal im Jahr fasteten sie gemeinsam. Sie meinten, sie hätten es nötig, wo sie doch alle drei schlank und rank waren. Kein Gramm Speck weit und breit! Aber dennoch. In der Adoleszenz entwickelt die junge Frau ein besonderes Auge für ihren Körper, sodass sie sich martert. In der Klicke ging dies natürlich viel einfacher. Nach den zwei Wochen kehrten sie zu den Schokoladen- und Kucheneskapaden zurück, ohne dass ihr Gewicht deswegen aus der Balance geriet. Nach dem Abitur gönnte sich Marion eine zweimonatige Auszeit als Au-pair-Mädchen in Italien. Die Idee begeisterte Stephanie, die sich über die gleiche Agentur auch eine Stelle besorgte. Während Marion tatsächlich Teller spülen, Böden wischen und Sonstiges im

Haushalt erledigen musste, traf Stephanie ein anderes Schicksal. Ein leichtes. Ihre Aufgabe bestand darin, mit den zwei kleinen Kindern der italienischen Familie Deutsch zu sprechen, da alle beide im Herbst eine deutsche Schule besuchen sollten. Der Arbeitsplatz? Der Strand! Ein wahres Urlaubserlebnis für Stephanie! Obendrein mit voller Verpflegung und Bezahlung! Was wollte sie mehr als Sonne genießen und mehrmals am Tage ins herrliche Nass springen! Zusätzlich war ihr aufgetragen, auf dem Weg zum Strand bei einer Bäckerei frisch gebackene Pizza zum Frühstück für alle drei einzukaufen. Die herrlichste, die Stephanie je in ihrem Leben verzehren sollte! Der Geruch an die Tomatensoße und an die zerlaufende Mozzarella blieb ihr auf ewig in der Nase! Die Kinder waren wohl erzogen, gehorchten militärisch und stellten mit Schnelligkeit fest, dass die sprachbegabte Stephanie anhand ihrer exzellenten Lateinkenntnisse im Nu auch der italienischen Sprache mächtig wurde. Ihre eigenen Fortschritte in der deutschen hingegen ließen zu wünschen übrig, was die Eltern sehr verwunderte, denn alle drei hüteten sich peinlichst davor, in deren Gegenwart etwas anderes als Deutsch zu parlieren. Stephanie kehrte braun gebrannt, wohl genährt, bestens erholt und bester Laune heim. Marion hingegen sah im Gesicht fahl aus, war abgemagert und vor allem urlaubsreif! Es war das einzige Mal, dass sie voller Neid auf Stephanie schaute, die es auf ihre eigene Empfehlung hin so gut getroffen hatte.

DIE STUDENTENZEIT

Im Heim

Die Studentenzeit brach an und die Wege der Freundinnen trennten sich naturgemäß. Aber eine Woche im Jahr verbrachten sie dennoch gemeinsam, entweder in Form eines Städtebesuchs oder eines bequemen Urlaubs am Strand.

Die Jahre vergingen. Stephanie hatte schon lange ihre Scham wegen ihres Haares abgelegt, ja, sie sogar in das Gegenteil umgewandelt, in Stolz und Selbstbewusstsein. Sie spazierte erhobenen Hauptes in die Tübinger Universität. Das Studium der Jurisprudenz ging ihr leicht von der Hand. Das Lernen war schon immer eine angenehme Beschäftigung für sie gewesen. Sie genoss sie zusehends.

Eine Zeit lang teilte sie ihr Studentenzimmer mit einer angehenden Opernsängerin. Wie sollte das gehen, bitte? Die eine musste konzentriert viel lesen, die andere ihre Stimme lautstark trainieren! Es funktionierte hervorragend! Sie störten sich gegenseitig überhaupt nicht! Die eine las still vor sich hin, die andere übte leise Stimmlagen mithilfe ihres kleinen elektrischen Klaviers, auf dem sie sachte die notwendige Note eintippte. Wenn jemand zu Besuch erschien, staunte er oder sie nicht wenig über die herrschende Harmonie. *„Nicht zu fassen"*, meinten sie. *„Dermaßen entgegengesetzte Studienrichtungen müssten sich doch in die Quere kommen und horrende Konflikte erzeugen!"* Diesen Urteilen zum Trotze verlief beider Zusammenleben in solch einer Eintracht, dass sie sich im folgenden Semester nicht voneinander trennten, obschon die Sängerin bereits Anspruch auf ein Einzelzimmer erworben hatte. Erst als sie eine kleine Rolle an einer auswärtigen Oper erhielt und somit wegzog, nahm eine neue Begleiterin den frei gewordenen Platz im Studentenzimmer ein. Keinesfalls eine Sängerin, sondern diesmal eine Kunststudentin. Auch hier ergaben sich keinerlei Probleme. Zumindest nicht tagsüber. Denn in der Nacht weckte des Öfteren ein Quietschen und Seufzen die schlafende Stephanie. Schnell entdeckte sie die Ursache oder genauer die Verursacherin: Ihre Zimmerkameradin befriedigte sich selbst. Darüber konnte Stephanie nur lächeln und abwarten, dass nach dem Crescendo, genau wie nach jedem Sturm, die Ruhe schnell zurückkehren würde.

Der Unfall

Endlich stand Stephanie ein Einzelzimmer im Studentenwohnheim zur Verfügung. Freudig zog sie um und genoss ihre vollkommene Unabhängigkeit, insofern man von einer solchen in einem Heim reden kann. Was einen Segen hätte darstellen sollen, offenbarte sich durch einen kleinen Unfall als Malheur. Eines Tages unternahm Stephanie mit einigen Kommilitonen eine Fahrradtour in der Umgebung der Stadt. Dabei kam sie ungeschickt von der Fahrbahn ab, stürzte und stieß mit dem Hinterkopf auf die wohl fünf Zentimeter hohe Kante des Straßenbelags. Der Fahrer des ihr folgenden Autos, dem sie auszuweichen unternommen hatte, brachte sie vorsichtshalber in das nächst gelegene Krankenhaus. Dort stellte man kurzerhand eine Gehirnerschütterung fest, aber keinerlei Brüche. Vollständige Ruhe wurde ihr verschrieben. Im Bett liegen, nichts unternehmen, nicht einmal Zeitung lesen oder fernsehen. In einem Taxi wurde sie in ihr Studentenwohnheim gefahren. Wer sollte sie dort versorgen? Unter den radelnden Kommilitonen befand sich auch ihre Studienkameradin Elisabeth. Kennen gelernt hatten sie sich in der

Fakultätsbibliothek, in der Elisabeths Füße ohne Schuhe unter dem Tisch baumelten. Dies fand Stephanie lustig und anziehend, sodass sie die Unbeschuhte sofort ansprach. Da sie sich auf Anhieb verstanden, besuchten sie fortan gemeinsam nicht nur allerlei Vorlesungen, sie lernten auch zusammen und erklärten sich gegenseitig Unklarheiten in den Texten. Kino- und Kneipenbesuche gehörten auch zu ihren Leidenschaften. Aber wer erschien in diesen Tagen nach dem Fahrradunfall nicht, um Stephanie ein Süppchen vorbeizubringen oder ihr eine Brotscheibe zu streichen? Es war Elisabeth. Stattdessen kam tagtäglich Kathrin, die weder an der gleichen Fakultät studierte noch wie Elisabeth im selben Wohnheim, sondern am anderen Ende der Stadt noch immer bei ihren Eltern wohnte. Gleich einem modernen Rotkäppchen trug sie einen Korb voll der notwendigen gekochten und rohen Lebensmittel für die folgenden 24 Stunden herbei. Auch die Studienunterlagen besorgte sie der bettlägerigen Stephanie, mit der Auflage, sie auf keinen Fall zu lesen. Dafür würde sie ein paar Tage später die Zeit und die gesundheitlichen Voraussetzungen besitzen. Kathrin leistete wie immer die Unterstützung, die die jeweilige Situation erforderte. Sie war zur Stelle, wenn Not am Mann war. Stephanie war äußerst dankbar, denn *„nach nichts sehnen sich die Menschen so sehr wie nach uneigennütziger Freundschaft. Meist sehnt man sich vergeblich. Zwischen jungen Leuten ist nichts so selten wie die uneigennützige Anziehung, die vom anderen weder Hilfe noch Opfer fordert"*, so urteilt Sándor Márai im bereits erwähnten Roman und bezeichnet Freundschaft obendrein als die stärkste Verbindung im Leben, die edelste Beziehung, als Gnadenzustand, der aber leider zu selten vorkommt!

Stephanies Enttäuschung über Elisabeth saß umso tiefer. Auf ihr Verhalten, auf ihre Nichtintervention angesprochen äußerte letztere: *„Der Arzt hat dir doch vollkommene Ruhe verschrieben. Ich wollte diese nicht stören!"* *„Aha, und wie sollte ich überleben, meine Liebe?",* antwortete ihr die genesene Stephanie. *„Entschuldige; darüber habe ich mir keine Gedanken gemacht. Jetzt, wenn ich so darüber nachdenke, sehe ich ein, dass ich einen Fehler begangen habe. In die Mensa konntest du ja nicht gehen und auch sonst war es bestimmt schwierig."* *„Allerdings! Ohne Irene, die mich jeden Tag mit allem Notwendigen versorgte, weiß ich nicht, wie ich noch am Leben sein könnte!"*

Eine Lektion in Freundschaft. Wenn in der Not der Freund nicht zur Stelle ist, wann dann? Etwa nur für die Vergnügungen? Das wäre doch zu wenig. Die Hilfsbereitschaft und der Aufopferungswille Irenes beeindruckten Stephanie stark, während die Enttäuschung über ihre Studienkollegin Elisabeth umso größer wirkte. Es fiel ihr schwer, sie zu verstehen. Warum hatte sie sich nicht bedingungslos für Stephanie eingesetzt? Wo oder wie lernt man den Einsatz am Nächsten? Muss der Mensch durch eine Lehre gehen, die aber nicht ein jeder geboten bekommt? Oder basiert eine echte Freundschaft, die treue, auf Kindheitserfahrungen? Kann man einer später entstandenen vollauf vertrauen? Diese Fragen ließen Stephanie keine Ruhe.

Denn Gemeinsamkeiten mit der abtrünnigen Elisabeth besaß sie ja genug: Dasselbe Studium, intellektuelle Interessen und den gleichen Freundeskreis. Fehlte Elisabeth das nötige Empathievermögen? Ernüchterung stellte sich bei Stephanie ein. Sie wandte sich von der oberflächlichen, harten Studienkollegin ab. Es schauderte ihr beim Gedanken an sie. Elisabeth versuchte, sich bei ihr einzuschmeicheln. Sie brachte ihr ein Stück selbst gebackenen Kuchen vorbei oder schenkte ihr eine Karte fürs Kino, das sie gemeinsam aufsuchen sollten. Stephanie wehrte ab. Sie habe keine Zeit; sie sei auf Diät. Bis Elisabeth endlich verstand und traurig den Rückzug antrat. Ob sie sich bei der nächsten Freundschaft einfühlsamer verhalten würde? *„Wer weiß, ob der Mensch lernt und sich ändert"*, dachte Stephanie für sich. An sich selber war sie nicht bereit, dies austesten zu lassen.

Demos und mehr

Stephanie warf einen Blick auf ihr eigenes früheres Verhalten. Suchte nach Erlebnissen in ihrer Biografie, die Aufschluss über eigene Untreue oder Unsicherheit, eventuell Feigheit oder Gleichgültigkeit lieferten. Und es gelang ihr: Sie fand welche! Damals, zur Zeit der 68-er, war sie nicht mit auf die Straße gegangen. Sie hatte nicht gegen die Notstandsgesetze demonstriert. Sie hatte sich verkrochen. Sich in der Bibliothek versteckt. Das dringende Anfertigen einer Seminararbeit vorgetäuscht. Sie hatte Angst empfunden, doppelte Angst: Einmal vor der Demonstration selber und der damit verbundenen Polizeigewalt, andrerseits vor den Kommentaren der Kommilitonen, die sie im Stich gelassen hatte. Was würden sie denken? Sie belächeln? Sie geringschätzen? War dies der Beweis dafür, dass sie nicht offen Partei ergreifen konnte, dass sie ein Weichling war? Sollte sie diese Tatsache einfach akzeptieren oder nach Veränderung streben? Sie fühlte sich hin- und hergerissen.

Politik war offensichtlich nicht Stephanies Steckenpferd. Dafür würde sie einige Jahre später ein Herz für die Asylbewerber offenbaren. Sie half mit, Kleidung nach

Größen zu sortieren, begleitete manche Familien auf Ämter oder zum Arzt, hörte sich ihre Sorgen an. Das Leben im Container war nicht einfach. Eng auf eng verbrachten die Bewohner hier ihre Tage. Ohne Beschäftigung. Ewige Langeweile. Perspektiven? Für die wenigsten. Selbstbestätigung? Nicht vorhanden. Wie sollten diese Menschen zufrieden sein? Ausgeglichen? Dankbar? Wofür? Für dieses neue Elend? Ja, hungern brauchten sie nicht. Und ein Dach über dem Kopf hatten sie auch. Kleidung gegen Kälte oder für die Wärme ebenso. Und dennoch braucht der Mensch mehr. Strebt nach mehr! Stephanie begegnete einer neuen Form von Misere. Einer inneren.

Eines Tages verabschiedete sie sich von dieser ehrenamtlichen Tätigkeit, durch die sie ihren Anteil an Wiedergutmachung, an Entgelt für die Chancen, die sie selbst erhalten hatte, leisten wollte. Sie war enttäuscht. Nicht von den Asylbewerbern, nein, von den deutschen Helfern. Diese waren einfach zu gut oder zu gutmütig. Getrieben von einem erstaunlichen Helfersyndrom, nahmen sie den Ausländern jede noch so kleine Arbeit ab. Sie sollten es gut haben. Sie sollten merken, wie einfühlsam, wie herzlich der Deutsche sie aufnahm, sie versorgte. Darum ging es. Keine Last sollten die Ausländer tragen müssen. Für jede Tätigkeit sprang willig ein Deutscher ein. Als ein Treffen mit Kaffee und Kuchen vonstattenging, brauchten die Asylbewerber sich nur einen Platz am voll gedeckten Tisch auszusuchen. Alles war aufgetischt, alles fertig. „Greift zu! Es steht euch zu!", war die Botschaft. Besaßen nicht auch die Ausländer Hände und Füße? Verstanden sie nicht auch etwas vom Backen und Kaffeekochen? Sie wurden von den Deutschen einfach als unmündig behandelt. Und obendrein bedient. Das konnte

Stephanie nicht mehr ertragen und ging. Die verbleibenden Helfer zeigten sich über ihren Verlust nicht verdrießlich. So würden sie selber mehr leisten können. Und den gleichen Trott fortsetzen!

SORGEN

Sophie

Die Jahre vergingen, die Studienzeit nahm ihr Ende. Heiraten, Berufsleben. Der Bekanntenkreis veränderte sich, weitete sich aus. Eines Tages erhielt Stephanie ein gutes Angebot und wechselte die Arbeitsstelle. In eine große Anwaltskanzlei. Sie traf dort Elisabeth wieder, die sie nunmehr 15 Jahre, also seit dem Studium, nicht mehr gesehen hatte. Beider Reaktionen ähnelten sich: Nur zögerlich, distanziert grüßten sie sich. Aber es half nichts. Sie mussten den Umgang miteinander pflegen, ja, sogar miteinander arbeiten, die gleichen Fälle gemeinsam oder nacheinander untersuchen. Beide gaben sich Mühe. Sie waren erwachsen geworden. Die Vergangenheit spielte keine Rolle mehr, zumindest versuchten sie, sie aus dem Gedächtnis zu schaffen. Zu beider Erstaunen lief es gut, die Resultate sprachen für sich und für sie. Langsam keimten die alten Gemeinsamkeiten wieder auf, die Interessen, die Vorlieben. Es kam zu Zusammenkünften mit den Ehemännern, sogar gemeinsame Wochenendausflüge wurden unternommen. Stephanie entwickelte sich zu Elisabeths Beichtmutter. Alles vertraute Letztere ihr an, wie einst. Sie sollte ihr helfen. Sie habe durch ihre 5-jährige Tochter Sophie Folgendes entdeckt:

„Ihre 7-jährige Kusine Marie forderte sie auf, mit ihr das „Elternspiel" zu spielen. Daraufhin instruierte sie die Jüngere über die Einzelheiten. Du kannst dir vielleicht vorstellen, Stephanie, worum es sich handelte! Ich kann mir das Ganze nur damit erklären, dass Marie ihre Eltern, ohne dass diese es bemerkten, beim Beischlaf beobachtet hat. Vielleicht sogar mehrmals. Meine Schwägerin erzählte mir

kürzlich, dass sie in der Nacht ihre Schlafzimmertür angelehnt lassen, um die Kinder, vor allem den zweijährigen Robert, zu hören, sollte er aufwachen. Was rätst du mir zu tun? Marie pervertiert mein unschuldiges Mädel!"

„Hast du mit deinem Bruder darüber geredet?"

„Aber nein! Er wird es barsch verneinen. Das sind Themen, die sich mit ihm nicht bereden lassen! Er ist ein unnahbarer Mensch. Du kennst ihn ja nicht."

„Ja, aber versuchen musst du es doch! Nur durch Reden gelangt man zu den Lösungen. Sei nicht so feige! Außerdem, entschuldige, aber die sogenannten „Onkel-Doktor-Spiele" sind unter den Kindern, sowohl gleichen wie verschiedenen Geschlechts, sehr verbreitet. Die anale Phase halt. Nimm es nicht so tragisch, denn es ist ziemlich gewöhnlich, würde ich sagen."

„Nein, so sehe ich es nicht. Ich finde es sogar gefährlich. Ich muss den Kontakt abbrechen, um meine Tochter zu schützen. Dabei lieben sich die Kinder sehr und andere Cousins besitzen sie nicht."

„Kann denn niemand vermitteln? Was sagt dein Mann dazu?"

„Er überlässt mir die Entscheidung. Er mischt sich nicht in meine Familienangelegenheiten. Und damit du Peter besser verstehst: Er war immer sehr dominant. Wir alle kuschten vor ihm, und mit „alle" meine ich auch unsere Eltern! Er lebte ziemlich als Einsiedler, war mürrisch, despotisch, meist schlecht gelaunt, sein Gesichtsausdruck finster. Solange er im Hause abwesend war, beispielsweise in

der Uni, herrschte bei uns Fröhlichkeit. Jeder fürchtete sich vor seinem Erscheinen. Er verkroch sich zwar meist in seinem Zimmer, aber uns lief es kalt den Rücken hinunter, kaum dass er den Schlüssel in die Haustür steckte. Er jagte uns allen Angst ein. Und ausgenutzt hat er die Großzügigkeit unserer Eltern bis zum Geht-nicht-mehr: Stell dir vor, als er bereits berufstätig war, wohnte er immer noch zu Hause. Das kann man ja akzeptieren. Aber er schmierte sich die Brote fürs Mittagessen am Frühstückstisch. Er ließ sich also auch noch durchfüttern. In der Zwischenzeit hat er sich zwar entwickelt, ist offener geworden, ich fühle aber immer noch seinen harten Kern, die Faust, mit der er unversehens zuschlagen wird, wenn man nicht aufpasst."

Und somit brach Elisabeth tatsächlich die Bande zu ihrem Bruder ab. Wenn ein Anruf kam, war sie immer beschäftigt, die Kleine unpässlich; Peter verstand nicht, was geschehen war, nahm die neue Situation schließlich als unumgänglich an, denn niemand klärte ihn über die Hintergründe auf.

„Vorsicht, Vorsicht!", sagte sich Stephanie. *„Elisabeth hat Verletzungen von sich getragen, die sie noch nicht verwunden hat. Man muss sich doch immer noch vor ihr in Acht nehmen."*

In der Arbeitswelt lief alles zum Besten. Es gab weiterhin keine Unstimmigkeiten.

Der Umbau

Elisabeth teilte Stephanie ihre Pläne des Umbaus ihres Eigenheims mit. Sie wolle einen Wintergarten anbauen, einen ziemlich ausgedehnten. Sie habe sich an ihren Onkel gewandt, der zwar auf das Thema spezialisiert sei, dennoch gefielen ihr seine Vorschläge nicht. Er sei ihr zu spießig, sie wolle das Wohnzimmer um ganze 35 qm erweitern. Er ermahne sie zu Vereinfachungen, die nicht ihren Vorstellungen entsprächen. Er verstehe sie nicht. Nun habe sie eine andere vertrauenswürdige Firma ausfindig gemacht. Mit deren Chef verstünde sie sich ausgezeichnet. Der führe genau ihre Wünsche aus.

„Ja, und was ist mit deinem Onkel? Hast du ihn davon unterrichtet? Immerhin hat er schon Zeit, und das bedeutet schlechthin Geld, in dein Projekt investiert."

„Aber nein, ich traue mich nicht. Wenn er nichts mehr von mir hört, wird er schon merken, dass es vorbei ist."

„Um Himmels Willen, was hält dich davon ab, dich bei ihm zu bedanken und deutlich zu machen, dass du dich woanders besser aufgehoben fühlst mit deinem Vorhaben? Du erzähltest, er sei ein gern gesehener Gast bei euch. Er wird bestimmt beleidigt sein. Und mit Recht!"

„Wahrscheinlich bin ich von Natur aus feige, wie du neulich treffend sagtest. Ich getraue mich nicht, ihm meinen Meinungswechsel direkt ins Gesicht zu offenbaren. Nein. Die Zeit soll es ihm beibringen. Die ist sanfter Natur, Worte sind durchaus härter."

Also nochmals ein Bruch ohne Aussprache, die ihn ja eigentlich hätte verhindern können! Im Geschäftsleben ist es nicht unüblich, Verträge in letzter Minute doch nicht zu unterschreiben. Diese Vorgehensweise musste der Onkel kennen und verstehen. Nicht so Elisabeth, die schon wieder einen Freund verlor. Der Onkel meldete sich nie wieder bei ihr, als er feststellte, dass sie sang- und klanglos eine andere Firma beauftragt hatte. Würde sie daraus ihre Lehren ziehen?

Marions Krebs

Obwohl der Kontakt zu den Kindheitsfreundinnen aufgeweicht war, obwohl man sich im Verlaufe der Zeit auseinandergelebt hatte, gaben sich die ehemaligen „Unzertrennlichen" ab und zu Lebenszeichen. Neben schönen Erlebnissen verkündeten sie auch minder angenehme. Stephanie erfuhr von Marions Brustkrebserkrankung. Für eine inzwischen 40-Jährige fast ein Todesurteil. Täglich rief Stephanie bei ihr an. Die Antworten? Immer im gleichen Stil: *„Mir geht es beschissen! Diese Chemo! Ich vertrag sie nicht. Warum muss es mich treffen? Was habe ich getan? Bin ich schlechter als andere?"* Gesprächsabfolgen, die einen normalen Sterblichen davon abgehalten hätten, noch einmal anzurufen. Nicht so Stephanie. Sie ließ die Säure über sich ergehen, auch Marions Geheule. Sie versuchte nicht einmal zu trösten. Sie hörte ihr nur zu. Fing auf wie eine Schale, was die Freundin ihr entgegenschleuderte. Sog auf, nahm ihr ab, erleichterte die Schwere. Ein Ritual. Stephanie biss sich die Zähne zusammen, sammelte ihre seelischen Kräfte, bevor sie zum Telefon griff. Sie ließ aber nicht locker. Über Wochen, über Monate. Bis die Tiraden nachließen, bis Marion über dem Berg war. Und da gestand sie Stephanie, dass sie die einzige gewesen war, die durchgehalten hatte, die einzige, die nicht tröstend und ablenkend eingegriffen hatte. Schöne Worte hatte sie während der Krankheit nicht ertragen, sie als heuchlerisch empfunden; aber jemand, der ihr einfach nur zuhörte, ohne einzugreifen, ohne beschönigen zu wollen, einer, der mit ihr das Kreuz auf sich lud oder es ihr kurz abnahm, das hatte ihr geholfen, das war der Trost gewesen, den sie benötigte. Der wortlose, stille, der wahre.

GEMEINSAME UNTERNEHMUNGEN
Der Kochkurs

Als Elisabeth, eine begnadete Köchin, von ihrem Ehemann Heinrich zum Geburtstag einen Gutschein für einen exklusiven Wochenendkochkurs erhielt, forderte sie Stephanie auf, sie doch zu begleiten. Kochen war nicht gerade Stephanies Steckenpferd, aber sie meinte, vielleicht handele es sich um eine gute Gelegenheit, ihre spärlichen Kenntnisse auf diesem Gebiet aufzubessern. Sie einigten sich auf das Datum und verschwanden für zwei Tage in das benachbarte Frankreich. In einer Gruppe von zehn Damen und Herren standen sie nun jeweils für zwei bis drei Stunden pro Mahlzeit schnippelnd und schneidend in der Hotelküche, in der sich die verschiedensten Gerüche vermischten. Manchmal fragte sich Stephanie, was sie dort überhaupt trieb beziehungsweise was sie dazu getrieben hatte, die Aufforderung zur Teilnahme anzunehmen. Diese Tätigkeit erschöpfte sie mehr als einen Dreitausender zu erklimmen! Und sie verspürte weder Spaß noch Begeisterung. Im Gegenteil: Sie litt und zählte die Stunden bis zur Heimfahrt! Nicht so Elisabeth! Sie fühlte sich in ihrem Element und verstand keinesfalls, weshalb ihre Freundin nicht ebenso hingerissen war wie sie selber. Ihren Frust über deren Haltung versteckte sie nicht. Zu Tisch ließ sie ihm freien Lauf. Sie unterhielt sich lautstark in alle Richtungen, versuchte die Aufmerksamkeit aller auf sich zu lenken, gestikulierte, warf ihren Kopf bewusst und energisch mal nach links, mal nach rechts. Sie gefiel sich in der Rolle, das Zentrum der Runde zu sein. Zwischendurch schaute sie abschätzig auf Stephanie, als wolle sie auch von ihr die gleiche Anerkennung wie von den restlichen Gästen einholen. Ihre Freundin sollte ruhig sehen, wie erfolgreich sie in der Gesellschaft Unbekannter war, wie leicht ihr solch ein Umgang fiel. Stephanie hingegen fragte sich, was dieses Getue solle. Diese fremden Menschen würden sie bestimmt nie wieder in ihrem Leben nochmals treffen. Wozu also dermaßen angestrengt um ihre vergängliche Wertschätzung buhlen? Nur um des Triumphes willen. Zur billigen Selbstbestätigung. Stephanie hatte kein Problem damit, Elisabeth beides zu gönnen. Als Stephanie es aber endlich geschafft hatte, sich mit ihrem Tischnachbarn in die Geschichte des Ortes zu vertiefen, fast das oberflächliche Gerede um sich herum vergessen hatte, da hakte unversehens Elisabeth mit einer banalen Bemerkung ein. Sie konnte es nicht ertragen, ihren Siegeszug in dieser Gesellschaft geschmälert zu sehen, überließ nicht mal den kleinsten Krümel davon ihrer Begleiterin. Stephanie ergriff wieder das Wort, aber zu ihrem Erstaunen erhielt sie eine Rüge von Elisabeth: *„Unterbrich mich nicht! Ich bin doch gerade am Erzählen!"* Stephanie schwieg. Um des Friedens willen. Sie ging jedweder Polemik aus dem Weg. So stand es also um Elisabeth, die auf der Rückfahrt im Auto durchweg vom gelungenen Wochenende schwärmte. Ihre Fauxpas vergessen hatte. Die Sticheleien, die sie Stephanie zugefügt hatte. Eine weitere Warnung für diese! Stephanie wollte sich aber nicht provozieren lassen, nicht zurückschlagen und ertrug somit die leichte Demütigung mit Fassung. Aber es sollte noch viel schlimmer kommen, bei einer Gelegenheit, die alles andere vermuten ließ.

Der Türkeiurlaub

Nach dem großen Umbau gönnte sich Elisabeth eine einwöchige Auszeit. Sie fragte Stephanie, ob sie Lust hätte, sie auf einer Studienreise durch die Türkei zu begleiten. Stephanie zauderte, da sie aber schon immer dieses Urlaubsziel vor Augen gehabt hatte, sagte sie schließlich zu. Elisabeth überließ ihrer Freundin die Buchungsformalitäten, denn sie stand selber unter Stress. So buchte Stephanie ein Doppelzimmer für beide, in der Überzeugung, dies entspräche Elisabeths Wunsch. Als sie in Istanbul im Hotel ankamen, erlebte sie eine Überraschung: Elisabeth zog mit einem Zimmerschlüssel für ihr Einzelzimmer davon und ließ die perplexe Stephanie an der Rezeption stehen. Ohne jedwede Vorwarnung hatte Elisabeth schon von zu Hause aus die Reservierung geändert, hatte also dafür doch die Zeit gefunden. Und Stephanie? Musste unverhoffterweise ein Doppelzimmer mit einer völlig unbekannten Person teilen. Das Hotel vollauf ausgebucht. Keine Chance auf ein Einbettzimmer. „*Das fängt mal wieder gut an!*", sagte sich Stephanie. Ihre Zimmergenossin empfing sie sehr herzlich, forderte sie auf, die ihr angenehmste Bettseite auszusuchen. „*Wunderbar!*", dachte Stephanie, „*vielleicht stellt sie sich als Segen heraus.*" Und Stephanie teilte ihrer abtrünnigen Reisepartnerin beim Abendessen die gute Neuigkeit mit: „*Ich scheine Glück zu haben. Die Dame ist reizend.*" „*Also steht alles zum Besten!*", erwiderte Elisabeth erleichtert.

Die Nacht tischte Stephanie eine neue Überraschung auf: Die nette Zimmergenossin, Carla, hatte sich einen heftigen Schnupfen zugezogen. Immer wieder schnäuzte sie sich geräuschvoll die Nase, manchmal verschwand sie dafür im Badezimmer, um den Geräuschpegel zu mindern. Da

Stephanie einen leichten Schlaf genoss, half auch diese Maßnahme nicht. Stephanie stand am nächsten Morgen wie gerädert auf. Sie brauchte ja auch Erholung von den Anforderungen des Kanzleialltags! Sie wollte auf keinen Fall erschöpfter heimkehren, als sie es vor der Abreise gewesen war! Beim Frühstück berichtete sie Elisabeth von der schwierigen Nacht, aber ihre Augenränder sprachen Bände! Ob sich Elisabeth erweichen lassen würde, ihr das zweite Bett bei sich anzubieten? Von sich aus? Als Freundschaftsgeste? Aus purem Mitgefühl? Es kam nichts. Nur lapidar: *„Das wird schon besser!"*, sozusagen als Beruhigungspille!

Stephanie beobachtete tagsüber, wie leichtfertig Carla sich benahm. Anstatt aufgrund ihres gesundheitlichen Zustandes aufzupassen, sich warm zu kleiden, immer ein Jäckchen parat zu halten, nein, sie trug ein dünnes Blüschen, das leicht im Winde des Bosporus flatterte. Auch bei den Bootsfahrten zog sie nichts Schützendes an. *„Was wird denn das ergeben?"*, fragte sich Stephanie, gepeinigt durch eine durchaus treffende schlechte Vorahnung für die Nacht. Tatsächlich gesellte sich dem Schnupfen nun ein Husten, der sich in den folgenden Nächten sichtlich verschlimmern sollte. Stephanie verzweifelte, wurde stets nervöser, ihre Augenränder tiefer. Eines Nachts in Kappadokien ergatterte sie ein Einzelzimmer für sich, was bedeutete, dass Carla auf Stephanies Kosten auch eins genoss. *„Ungerechte Welt"*, zürnte Stephanie. *„Jetzt verschaffe ich ihr noch Bequemlichkeiten! Sie müsste ausziehen, nicht ich!"* Die Wut steigerte sich in Stephanies Brust. Sie wusste nicht, auf wen sie zorniger sein sollte, auf Carla, die um nichts in der Welt ihre Lässigkeit in punkto wärmender, schützender Kleidung aufgab, geschweige denn auszog, oder auf die egoistische Elisabeth, die nicht ein einziges Mal anbot, ihr Zimmer mit der gesunden, nicht schnäuzenden, noch weniger hustenden Stephanie zu teilen. Die interessanten Erlebnisse, die weitläufigen Erkundungen am Tage konnten die alptraumähnlichen Nächte nicht wettmachen, nicht ablenken vom ständigen Bangen vor Carlas Auftritt in der folgenden Dunkelheit. Während Stephanie trotz der exzellenten türkischen Küche abmagerte wie ein Zombie, willenlos den Gruppenführungen folgte, schaffte es die Verursacherin ihres schlechten Zustandes, enge Freundschaften in der Touristengruppe zu schließen, eingehende Erkenntnisse über die verschiedenen Kulturen in Anatolien zu gewinnen nebst Entspannung und vollkommenen Genuss. Stephanie beobachtete diese Entwicklung sprachlos, verdattert. Woher nahm die Kranke die Energien dafür? „Carla hat ja nur mit ihrem Schnupfen zu kämpfen", sagte sich Stephanie. „Obendrein besitzt sie den eisernen Willen, ihre kostbaren Urlaubstage vollauf zu genießen. Sie will etwas daraus machen, sie setzt auf eine „Rendite". Bei mir hingegen sind zwei Dinge im Spiel: Abgesehen vom Mangel an Schlaf, erleide ich gleichzeitig eine seelische Enttäuschung. Es martert mich, dass Elisabeth weder Verständnis für meine Lage aufbringt noch die Bereitschaft zeigt, ein Opfer für mich zu erbringen. Bin ich es ihr nicht wert? Eigene Annehmlichkeiten gehen für sie vor. Eindeutig. Obendrein lässt sie mich ins offene Messer rennen, gibt mir nicht Bescheid bezüglich ihrer Umbuchung. Zeitig hätte ich ja vielleicht noch ein Einzelzimmer bekommen können. Das Heimtückische, das Verborgene als Elisabeths Lieblingsmanöver. Damit muss ich leben oder die Freundschaft fallen lassen. Wie viel kann ich noch ertragen?*

Wann sage ich „basta"? Jemand anderes hätte wahrscheinlich schon längst das Handtuch geworfen. Seine Verletztheit offen zutage gelegt. Nie wieder Elisabeths Hand geschüttelt, ihr auf Nimmerwiedersehen den Rücken gekehrt, sogar ohne Angabe von Gründen, da sie nichts Besseres verdient für ihre Handlungsweise, sie sozusagen mit ihrem eigenen Verhalten vergolten. So enden Freundschaften. Manche versanden, langsam, seicht, ohne Aufhebens, bei anderen kracht es bis ins Unendliche. Bin ich nun Masochistin? Lasse ich mir zu viel gefallen? Müsste ich aufbegehren? Die Tür heftig hinter mir zuknallen? Was hindert mich daran? Menschlichkeit? Gar Abhängigkeit? Vielleicht doch Liebe zu ihr?"

In solchen Gedanken versunken, stieg Stephanie in das Flugzeug retour in die Heimat. Neben ihr saß Elisabeth. Sie brachte unverhüllt ihre Begeisterung zum Ausdruck: *„Das war doch mal wieder ein Volltreffer dieser Urlaub! Nichts auszusetzen! Das Essen prima – ich wusste gar nicht, dass man in der Türkei so gut isst! Die Ausflüge wunderbar, die Menschen so sympathisch! Ich sag dir: So etwas müssen wir noch mal unternehmen, nicht wahr? Ich habe mir schon überlegt, ob wir nicht z. B. nach Rom sollten. Ich war Ewigkeiten nicht mehr dort. Was hältst du davon? Das hast du neulich schon erwähnt, dass du seit dem Abitur nicht mehr in Italien gewesen bist. Also lass uns das doch im Frühjahr in Angriff nehmen!"* Und in dem Tenor führte sie ihren Monolog fort, benötigte weder Zustimmung noch Widerrede vonseiten Stephanies, die leicht vor sich hin döste, den Redeschwall aufsog wie einen Schlummertrunk.

Zu Hause angekommen, kuschelte sich Stephanie an ihren Mann, Herrmann, ihren Felsen im Sturm. Bei ihm strömten endlich die Tränen hervor, die sich die ganze Woche über unbewusst in ihrem Innern angehäuft hatte. Sie erzählte ihm das Vorgefallene, das sie ihm bei den täglichen Telefonaten aus Scham nicht anvertraut hatte. Er tröstete sie und sie musste unwillkürlich an ihre Jugend zurückdenken, an die vielen Situationen, in denen ihr ebenfalls eine männliche Gestalt Kraft und Unterstützung dargeboten hatte. Lange lag es schon zurück, dass sie darauf angewiesen gewesen war. Demian, ihr herzensguter Bruder, hatte sich damals für sie eingesetzt, sie immer wieder vor Angriffen gerettet. Sie hätte nicht gedacht, dass sie im Erwachsenenalter Parallelen zu diesen negativ beladenen Kindheitsvorkommnissen erleben würde. Aber da war noch Kathrin, auf die sie ebenso felsenfest vertrauen konnte. Obwohl sie Stephanies Fehler kannte, akzeptierte sie diese mit all ihren Folgen. Wenn eine Kritik über ihre Lippen kam, dann stets in einer einfühlsamen Art, weich und verständnisvoll. Sie war echt gemeint, diente zur Einsicht, zum Aufbau eines neuen Verhaltens, nicht zur Abtötung von Stephanies Wesensart oder um sie niederzumachen, sondern als Weckruf zum Überdenken ihrer Handlungsweise. Einen Lohn für ihren Einsatz erwartete sie nie!

JUGENDLICHE

Die Geburtstagsfeier

Die Kusinen Sophie und Marie hatten trotz geringen Altersunterschieds seit dem verheerenden Kindheitsvorfall mit dem „Elternspiel" nie richtig zueinander gefunden; es lag stets etwas in der Luft zwischen ihnen, das ihre gegenseitige Zuneigung verhinderte. Ja, sie war vergiftet durch das Verhalten der Erwachsenen. Ohne deren Zutun, ohne deren Einmischung in Kindereien hätte sich ihre Freundschaft, ihre Liebe zueinander nicht trüben lassen. Sie trafen sich nur zu offiziellen Anlässen. Nun stand die große Feier des 18. Geburtstags von Marie bevor. Die 16-jährige Sophie erhielt eine Einladung. Sie fasste sie voller Vertrauen als Gelegenheit zur Versöhnung auf.

Allerdings hatten beide zwei Monate vorher ein Wanderwochenende mit dem Sportverein unternommen. Das hinterließ einen bitteren Vorgeschmack auf Kommendes und hätte Sophie bereits als schlechtes Omen auffassen sollen. Jede war guter Dinge mit ihren eigenen Freundinnen plaudernd unterwegs gewesen. In der Hütte angelangt, deponierte Sophie ihren Rucksack auf einem Bett, um es somit für sich zu belegen. Zurück aus der Toilette, fand sie ihren Rucksack nicht wieder. Er lag auf einem oberen Bett. Sie wunderte sich. Nicht lange. Sie stellte fest, dass niemand anderes als Marie ihn weggelegt hatte. Sie beanspruchte das Lager für sich, um neben ihrer Busenfreundin schlafen zu können. Kein Bitten, kein Ersuchen, kein einfaches Fragen, nein, genommen hatte sie sich, was ihr nicht zustand. Sophie, die jüngere, gab sich ohne Schlacht geschlagen. Blieb für den Rest des Wochenendes von ihrer Kusine fern.

Dem Fest aber fieberte Sophie schon Tage vorher aufgeregt entgegen. Was würde sie anziehen? Nicht zu aufgedonnert, nicht zu unauffällig. Und diskrete Schminke nicht vergessen. Ungefähr 30 junge Leute trafen im Partykeller in Peters Haus zusammen. Die Musik zu laut, wie die Jugend sie gern hörte. Sophie kannte kaum jemanden, fühlte sich ein wenig einsam und unsicher. Tanzen konnte man alleine. Das stellte kein Problem dar. Und dann sah sie ihn! Die schlanke Figur, der dunkelblonde Kopf, das offene Lächeln, ein sympathisches Aussehen. Sie konnte ihre Augen nicht von ihm lassen. Sie näherte sich ihm. Forderte ihn zum Tanzen auf. Im Gespräch gefiel er ihr immer besser. Sie gingen in den Garten, denn er wollte eine Zigarette rauchen. Sie setzten sich unter einen Baum ins Gras. Der Anstand wurde bewahrt. Und plötzlich! Wie eine Furie erschien Marie! *„Was soll das? Bist du gekommen, um mir meinen Freund wegzuschnappen? Dazu habe ich dich nicht eingeladen! So, jetzt ist Schluss! Hinunter!"* Und Marie hakte sich beim jungen Mann ein, der erschrocken aufgesprungen war. Sophie den Tränen nahe. Sie rief ihre Eltern an, damit sie sie sofort abholten. Ein neuer Grund lag nun für Elisabeth vor, das zarte Blümchen der Versöhnung zu vernichten. Wieder Eiszeit mit Peter und Familie. Keine Aussprache, keine Erklärungen, keine Entschuldigung.

„Es verbindet uns absolut gar nichts", überlegte Sophie am nächsten Morgen, in einen ruhigen Zustand zurückgekehrt. *„Mit Marie habe ich keine Gemeinsamkeiten. Somit kann eine Freundschaft nicht entstehen. Wir sind verwandt und damit hat es sich. Dennoch könnten wir*

Freundinnen werden, müssen es aber nicht. Anders verhielt es sich damals mit meiner Klassenkameradin Helene. Wir hingen jahrelang zusammen wie Pech und Schwefel. Nichts konnte unser Verhältnis aus dem Gleichgewicht bringen. Bis zur verdammten Pubertät. Da entwickelten wir uns in entgegengesetzte Richtungen. Wollte Helene blau, so wollte ich grün, wollte sie ins Kino, so wollte ich in die Eisdiele. Keine Übereinstimmungen mehr. Meine Kleiderwahl passte ihr nicht mehr und umgekehrt. Wir fingen an, in verschiedenen Klicken zu verkehren. Sie hatte keine Zeit mehr für mich, ich ebenso wenig für sie. Wir lebten uns auseinander wie ein Ehepaar, das sich nichts mehr zu sagen hat. Wir weilten in unterschiedlichen Welten. Unsere Geistesverwandtschaft verflüchtigte sich, bis sie vollkommen verschwunden war. Wir konnten nichts dagegen unternehmen. Unsere Körper, unsere Hormone hatten die Übermacht über uns erlangt. Tatenlos sahen wir zu, wie unsere Beziehung zerbarst. Bis nichts mehr von ihr übrig blieb. Oder vielleicht doch: Verachtung für die Lebensweise und den Umgang der anderen, Überheblichkeit statt Verständnis, die Unmöglichkeit, die vergangene Nähe wieder aufkeimen zu lassen, auch in späteren Jahren nicht mehr. Und der Grund: Chemische Veränderungen, die seelische mit sich führen. Unantastbar, unabänderlich, nicht beherrschbar, außerhalb der menschlichen Möglichkeiten. Leider."

Vorbild aus der Vergangenheit

Da Sophie sich in der Beziehung zu Marie keiner Schuld bewusst war, fing sie an, intensiv über Freundschaft nachzudenken und auch ein wenig zu forschen. Welcher war der Schlüssel zur wahren Zuneigung, zur währenden, zu einer, die nicht sofort brüchig wird und zerfällt? Sie fand die Beschreibung eines idealen Verhältnisses zwischen zwei gleichaltrigen Kusinen in Briefen der bayrischen Prinzessin Therese an die Königin Olga von Griechenland. 27 Jahre nach ihrer ersten Begegnung schreibt erstere:

„Es ist vielleicht nicht die leidenschaftliche, stürmische Liebe von einst, aber es ist eine Liebe so fest und unverrückbar wie die ewigen Gesetze, die Gott gegeben, eine Liebe so tief wie ein unergründliches Meer und eine Liebe so ruhig und friedlich wie das milde, sänftigende Mondlicht, welches sich über stille Fluren ergießt. Es ist eine Liebe, die nicht leidet. Es ist eine Liebe, die in unbeschreiblichem Seelenfrieden des wirklichen Genießens, des unbestreitbaren, unbezweifelbaren Besitzes sei und zufrieden ist, die nicht fragt, zweifelt und bangt, sondern sich hingibt rückhaltlos, willenlos, die in der Gegenliebe und dem wortlosen Verständnis das eigene Leben findet und eher an sich selbst irre werden könnte als an derjenigen, die sie der höchsten, reinsten Liebe und Freundschaft in allen Lebenslagen würdig befunden hat. Eine solche Freundschaft gibt es nur einmal im Leben und in manchen Existenzen gar nicht; selig, wem sie Gott verliehen, es ist ein Glück über alle Maßen und reine Seligkeit hienieden, für die es keine Worte geben kann. "

Das war 1890 geschrieben. Eine herrliche Hommage an die Freundschaft. Schöner konnte sie sich Sophie nicht ausmalen. Aber Therese gibt ja selber zu, dass es ein Geschenk ist, das nicht unbedingt jeder Sterbliche erhält. Also ein seltenes Gut. Wertvoll, erstrebenswert. Für Menschen mit hohen ethischen Maßstäben, Menschen, die bereit sind zu geben und zu opfern. Wenn man solche seltenen Meister erleben würde, so könnte man von ihnen lernen, sie nachahmen. In Sophies Umgebung waren sie nicht vorhanden. Vergeblich suchte sie! Aber in der weiteren Lektüre derselben Forscherin fand sie in ihrem Tagebuch folgende Bemerkung über Olgas Unvermögen, Therese aufgrund ihrer vermeintlichen Charakterschwächen zu schelten:

„...ihre Freundschaft für mich macht sie blind in dem Punkte, denn ich finde so furchtbar viel an mir auszusetzen und finde mich selber so unausstehlich, dass es mir absolut unmöglich scheint, dass es den anderen nicht auch so scheint."

Nach dem Motto: *Liebe macht blind.* Aber diese Liebe muss man erst mal empfinden! *„Und das will auch gelernt sein"*, folgerte Sophie.

Sie fand einen anderen Brief, diesmal an die Prinzessin gerichtet:

„Ich danke Ihnen für Ihre lieben, aus dem Herzen kommenden und dahin gehenden Worte. Sie haben es seit einem Jahr meisterhaft verstanden, alle zwischen uns bestehenden Unterschiede nach Innen und nach Außen zu ebnen, zu überbrücken, und wie Sie selbst sagen, mich zu nehmen wie ich bin, mit Allem, was Sie, wenn Sie es eingestanden hätten, entfremdet oder abgestoßen haben würde. Solche guten Thaten bringen Ihnen den verdienten Lohn in Gestalt rückhaltloser und vollständiger Hingebung und Liebe."

Dies schreibt Lady Charlotte Blennerhassett, die 1880 Therese auf einer Erholungsreise nach Sorrent begleitet. Und sechs Jahre später ergänzt sie:

„Sie haben mir eine große Freude gemacht und mich tief gerührt, indem Sie mich an einem der seltenen Feiertage des Lebens mahnten, da mir das Glück zu Theil ward, von Ihnen nicht nur gefunden zu werden, sondern, was ungleich mehr werth ist, Sie zu finden, wie Sie es ja auch sehen, auf immer! Sie werden mich gewiß nicht mißverstehen, wenn ich sage, daß so fern es liegt, nichts mir wünschenswerther erschiene, als Sie noch einmal wieder so zu genießen und für mich zu haben wie damals. Denn seit Therese weiß ich, daß das Herz sich ausruht, wenn man verstanden wird, auch wenn man nichts sagt."

Diese Lady, eine geborene Freiin von Leyden, die zwischen 1843 und 1917 lebte, war eine äußerst intellektuelle Frau, die u. a. 1901 eine Biografie über Gabriele D'Annunzio schrieb, sowie Studien über Talleyrand und Chateaubriand anfertigte. Von ihr konnte also Sophie einiges lernen, in diesem Falle einfach über Freundschaft und der damit zusammenhängenden Treue.

Die Suche

Nun musste Sophie erkunden, ob die weit zurückliegenden Wahrnehmungen von Freundschaft in ihrer Zeit, gut 120 Jahre danach, noch von Bestand waren. Auf jeden Fall gefiel ihr der dargelegte Gedanke, von einem Wesen verstanden zu werden, wortlos. Denn Worte konnten ihrer Erfahrung nach verletzender wirken als das Schweigen, das Innehalten. Sehr gut gefielen ihr die Ausführungen von A. Freiherr von Knigge in seinem Werk *„Über den Umgang mit Freunden"*, Ende des 18. Jahrhunderts verfasst, aber immer noch von Gültigkeit in Sophies Augen: *„Suchen wir verständige Menschen, deren Hauptgrundsätze und Gefühle* mit den unsrigen übereinstimmen, kleine unmerkliche Verschiedenheiten abgerechnet; Menschen, die Freude finden an dem, was uns freut; die uns lieben, ohne von uns bezaubert, das Gute in uns schätzen, ohne blind gegen unsere Schwächen zu sein; die uns im Unglücke nicht verlassen, und in guten und redlichen Dingen treu und standhaft beistehen, uns trösten, aufrichtigen, tragen helfen, uns, wo es höchst nötig ist und wir dessen wert sind, alles aufopfern, was man ohne Verletzung seiner Ehre und der Gerechtigkeit gegen sich selber und der Seinigen aufopfern darf, und die Wahrheit nicht verhehlen, uns aufmerksam auf unsere Mängel machen, ohne uns vorsätzlich zu beleidigen, uns allen anderen Menschen vorziehen, insofern es ohn Unbilligkeit geschehen kann – suchen wir ernsthaft solche, nun! So finden wir deren gewiss - viele? Nein, das sage ich nicht, aber doch wohl ein paar für jeden Biedermann – und was braucht man mehr in dieser Welt?

Viele Bedingungen wurden hier an den Freund gestellt, aber Sophie war klar, dass man sich mit weniger nicht begnügen konnte oder sollte. Mit wem ein Gespräch über dieses Thema führen? Da fiel ihr die Kollegin und Freundin ihrer Mutter ein: Stephanie. Ja, mit ihr konnte man offen reden – im Gegensatz zur eigenen Mama. Sie lud sich einfach zum Kaffee ein. Der Termin traf sich gut, denn zufälligerweise war auch Kathrin zugegen. Umso besser! Nun hatte sie gleich zwei Fliegen mit einer Klappe geschlagen! Sie zauderte nicht lange, begann in medias res unter dem Vorwand für die Schule ein Referat über Freundschaft halten zu müssen.

„Welcher der Kernpunkt in einer Beziehung ist, willst du wissen?", antwortete ihr prompt Stephanie. „Also, man darf den anderen nicht im Stich lassen, seine Fehler muss man geduldig ertragen und nicht ständig bemängeln. Diese Fähigkeiten setzen Beherrschung und einen guten Willen voraus. Habt ihr schon Schillers „Tugend, Liebe, Freundschaft" gelesen? Da beklagt er sich nämlich: „Mich lassen sie (die Freunde) stehen, wenn sie glücklich sind, aber sie suchen mich auf, wenn sie leiden." Na klar: Nach dem Motto, geteiltes Leid ist halbes Leid. Natürlich sollte man in der Not zur Stelle sein, Hilfe anbieten."

„Ja, aber auch ein simpler Austausch von Alltäglichem genauso wie von Sonderbarem oder Gegenständlichem gehört in unsere Gesprächswelt", mischte sich Kathrin ein. „Man muss sich jederzeit anvertrauen können, ohne jegliche Forderung, denn diese kann bereits eine Belästigung bedeuten. Im Allgemeinen sagt man, dass man in der Jugend gleichgeschaltet ist durch ähnliche Bedürfnisse, ergo dass so eine Gelegenheitsfreundschaft nicht von Dauer ist, da man sich auseinanderentwickelt. Nein, aber bei uns beiden ist es nicht so! Zweifelsohne hat unsere Freundschaft Seltenheitscharakter. Wir können uns als Glückspilze bezeichnen, weil wir sie erleben dürfen! Durch Unabhängigkeit, Freiheit und unzähligen interessanten Gesprächen haben wir sie uns bewahrt. Zwischen uns besteht eine Art Nabelschnur, die uns zusammenhält, die auch Sehnsucht erzeugt. Wichtig ist Folgendes: Der einigende Faktor ist das gegenseitige Verstehen! Dieses basiert auf gleichen Grundsätzen. D.h. wir halten uns die Waage, übrigens auch gefühlsmäßig. Und auch was unsere Fähigkeiten und unseren Kenntnisreichtum anbelangt, so stehen wir auf gleichem Niveau. Ein

Ungleichgewicht würde unsere Freundschaft eindeutig stören, nicht wahr?"

„*Du hast vollkommen recht*", spulte Stephanie den Faden fort. „*Vor allem sind wir uns gegenseitig wohlwollend, wünschen uns jeweils das Beste für die andere. Ganz einfach ausgedrückt: Wir interessieren uns füreinander, fragen nach, wie es geht, stehen über allem Kleinlichen, was der Alltag mit sich bringt, achten und respektieren uns. Wir versuchen stets das Positive an der Freundin herauszufinden. Taktvoll muss man auch sein, denn Wahrheit kann verletzend, gefährlich und unbehaglich sein. Dazu muss man die Grenzen der anderen kennen: Wie viel ungemütliche Wahrheit kann sie denn überhaupt ertragen? Wir führen stets einen Balanceakt zwischen unbequemer Zudringlichkeit und Teilnahmslosigkeit, behalten aber gleichzeitig die Grenzen des Schutzraumes der Freundin im Auge.*"

„*Ja, und welcher ist der Lohn für all diese Anstrengungen, denn solche sind es doch, oder?*", fragte Sophie naiv.

„*Da muss ich ja lachen!*", sprudelte es aus Kathrin heraus. „*Nichts, vor allem keine Dankbarkeit! Die Zugehörigkeit vielleicht. Die Liebe. Und die Gewissheit, dass die andere meine Lasten, Ängste und Sorgen mit mir teilen wird, und last but not least, dass sie mir bei deren Bewältigung behilflich sein wird. Stolz und Egoismus schieben wir beiseite und opfern uns bereitwillig für die Freundin auf. Solidarität ist gefragt. Und nun zitiere ich den Faust: „Beglückt, wer Treue rein im Busen trägt, kein Opfer wird ihm je gereuen!*"

„Ja, Freundschaft bewirkt tatsächlich Freude, Leben, Genuss, auch Frieden. ", ergänzte wiederum Stephanie. *„Sie vervollkommt uns. Denk an die alten Griechen: Für sie entsprach sie der Grundlage eines gelingenden Lebens, war das Fundament der Gesellschaft. "*

Diese Unterhaltung gab Sophie den Anstoß weiterzuforschen. Sie begann die Suche bei ihren Vorbildern, ihren Nächsten, ihren Eltern. Ihr Vater, Heinrich, hatte nach jahrelangen beruflichen Einsätzen in anderen Städten ganz zufällig einen Jugendfreund, namens Johannes, wiedergefunden. Zur Einschulung Sophies in die erste Schulklasse stand Heinrich in Begleitung von Elisabeth, die kleine Sophie an der Hand, in der Reihe mit den vielen anderen Eltern und einigen Großeltern. Es ging laut zu, die Kinder waren nervös, die Erwachsenen nicht weniger. Heinrich hörte hinter sich mehrmals, dass eine Frau zu ihrem Mann Johannes sagte, schenkte diesem verbreiteten Namen aber keine Aufmerksamkeit. Wie viele Männer mit dem gleichen Vornamen wohnten wohl in dieser Stadt? Es wäre ja gelacht, wenn es sich um „seinen" Johannes handeln würde! Er lauschte intensiver und ihm dünkte, die Stimme vage zu erkennen. Er drehte sich um, sah dem Mann in die Augen, wollte sich enttäuscht schon abwenden, als das Lächeln mit der Grübchenbildung neben dem Mund des Unbekannten ihn stutzen ließ. Er brachte zart das einzige Wort: *„Johannes? "* hervor. *„Ja, Johannes M. Sehr erfreut! "*, war die Antwort und ihm wurde eine Hand zum Gruße entgegengestreckt. Es lag nahe, dass man sich in der Elternschaft vorstellte; man würde sicherlich im Laufe der Zeit in näheren Kontakt treten. *„Also doch! "*, rutschte es Heinrich heraus. Er stellte sich ebenfalls vor und nun erkannten sich beide, freuten sich, umarmten sich, machten ihre Gattinnen und ihre Kinder miteinander bekannt. *„Das muss natürlich gefeiert werden! Kommt doch morgen Abend zu uns zum Essen."* Dieser Satz sollte der Stein des Anstoßes für weitere Treffen werden. Nach einer gemächlichen Anlaufzeit kamen sich beide Familien näher, gingen hin und wieder gemeinsam aus, luden sich gegenseitig zu den Geburtstagen ein; die Männer diskutierten ausgiebig über die Probleme der Weltpolitik.

Die inzwischen fast erwachsene Sophie wunderte sich, wie sich zwei Menschen nach so langer Zeit wieder näher kommen, so einträchtig sein konnten. Vergleichbar mit der Prinzessin und der Lady? In Gesprächen mit ihrem Vater stellte sich heraus, dass die beiden Freunde sich in der Kindheit äußerst selten getroffen hatten. Heinrich erinnerte sich an sein allererstes Käsefondueessen bei Johannes' Eltern. Es war für ihn ein außergewöhnliches Ereignis gewesen. Noch nie hatte er gleichzeitig mit anderen Menschen ein Stückchen Brot an einer langen Gabel in die gleiche Schüssel hineingeschoben, um es dann triefend über den Tisch bis zu seinem Munde zu führen. Ein Verhalten vollkommen abweichend von den bis dahin diktierten Tischmanieren! Er hatte eine unbekannte Welt betreten, auch geschmacklich. Und obendrein diese Familie! Johannes war der älteste von sieben Geschwistern, der eine lauter als der andere, jeder schien etwas Wichtigeres als sein Nachbar zu verkünden zu haben, jeder versuchte den anderen stimmlich zu überbieten, es herrschte allgemeines Chaos! Niemand bestand auf Ruhe. Auch nicht Johannes' Eltern, die im Gegenteil ebenfalls darum zu ringen schienen, die Tischgenossen lautstark mit irgendwelchen Nichtigkeiten zu übertrumpfen. Heinrich wunderte sich, wie trotz eines solchen Durcheinanders alle sieben Kinder ein Studium erfolgreich abschließen konnten. Denn alle hatten von zu Hause aus studiert! Das bedeutete zugleich, dass außer ihnen stets auch Kommilitonen oder Gäste zugegen waren. Eine Meisterleistung.

Heinrich blickte auch auf eine weitere Begegnung mit Johannes zurück. Ungefähr 12-jährig spielten sie verstecken in einer Kindergruppe. Und zwar in einem Rohbau. Es standen noch die Leitern herum sowie Zementsäcke, riesige Farbbehälter und vieles mehr. Die Treppen in die oberen Geschosse ohne Geländer. Ein riskantes Unterfangen. Denn man rannte natürlich die Treppen hinauf und hinunter, kurvte wirsch um die herumstehenden Gegenstände herum, lief ständig Gefahr zu stürzen. Aber ein Schutzengel wachte über die furchtlosen Knaben, die nur eins im Sinne hatten: Ein Abenteuer erleben. So empfanden sie es und so blieb es Heinrich im Gedächtnis haften.

Auch harmlosere Dinge unternahmen sie. Sie angelten in einem Teich, von dem sie mehr Mückenstiche als Fische nach Hause brachten. Als erstes mussten sie aber die Würmer sammeln, die sie als Köder benützen würden. Dazu stocherten sie mit Stöckchen in der weichen Erde am Ufer herum. Heinrich ekelte sich vor den sich windenden Tierchen. Und dann sie noch an den Angelhaken stecken! Das kostete ihn große Überwindung. Nicht so Johannes. Kein Wunder, dass er Mediziner wurde! Und dafür trainierte er bereits in jungen Jahren!

Manchmal gingen sie auf „Jagd", wie sie es nannten. Sie suchten die Straßenränder ab, ob sie nicht eine tote Maus fanden. Einmal hatten sie Glück. Sie entdeckten eine totgefahrene Ratte, die aber ziemlich intakt war. Johannes zog sein immer parates Taschenmesser hervor und begann die Seziersession. Heinrich konnte kaum zuschauen, während Johannes fachmännisch die verschiedenen Organe herausholte, identifizierte, dem angewiderten Heinrich vor die Nase hielt und ihn genüsslich auslachte.

In der Universitätszeit trennten sich ihre Wege. Weihnachts- und Geburtstagskarten wurden immer seltener hin- und hergeschickt. Dann, im reifen Erwachsenenalter, das Wiedersehen in der Heimatstadt. Ein langsames Herantasten, vorangetrieben durch Heinrich, denn durch den Studienaufenthalt und die Arbeitseinsätze in fernen Städten, hatte er den Kontakt zu ehemaligen Freunden oder Bekannten verloren. Johannes zögerlich, nicht enthusiastisch. Die Bande der Jugend waren zu locker gestrickt gewesen, als dass er ein Anknüpfen angestrebt hätte. Außerdem war er daheim geblieben, hatte genügend Freundschaften, tiefsitzende, brauchte keine weiteren. Heinrich aber doch. Und er lud ihn mal zum Essen in ein schickes Restaurant ein, mal in die Oper oder ins Konzert, damit Johannes merkte, dass er finanziell gut da stand, dass er sich seiner nicht schämen brauchte. Nur so gewann er ihn schließlich. Und sie entwickelten sich zusehends zu einem soliden Gespann.

Sophie fragte sich, ob solch eine Freundschaft, die im Grunde genommen auf Interesse und nicht auf innere Zuneigung basierte, ob sie von Halt sein könnte. Würde sie z. B. Heinrichs finanzielle Schieflage verkraften? Durch Entlassung? Durch eine schwere Krankheit? Sie bezeichnete diese Art von Freundschaft als eine erkaufte, erbettelte, keine echte. Sie hoffte, dass sie keiner harten Prüfung ausgesetzt sein würde. Es lag ihr nicht daran, einen Beweis für ihre Theorie zu erhalten.

DIE ERBSCHAFT

Die Erbschaftsauseinandersetzungen

Aufgrund des weisen und vorsichtigen Einlenkens von Peters Gemahlin hatte sich Elisabeths Beziehung zu ihrem Bruder im Laufe der Jahre gebessert. Gleichzeitig verschlechterte sich der Gesundheitszustand der Mutter der Geschwister zusehends. Aus beruflichen und familiären Gründen widmete Elisabeth ihr wenig Zeit; als die Kranke bald darauf verstarb, begannen die Erbschaftsauseinandersetzungen. Elisabeth bezichtigte Peter, wertvolle Gegenstände wie Gemälde, Schmuck und sogar Bargeld schon im Vorhinein entwendet, für sich auf die Seite geschoben zu haben. Peter verneinte vehement. Er habe nur die Formalitäten für die Mutter erledigt, Rechnungen beglichen, die Steuererklärung angefertigt, er sei einzig seiner Pflicht als Sohn nachgekommen. Wie könne sie nur schlecht von ihm denken? Er stellte sich als Mustersohn dar, der einzig um das Wohl seiner Mutter besorgt gewesen war. Immer zur Stelle, wenn sie nach ihm rief – so beschrieb er sich. Die neu entkeimte Eintracht zwischen den Geschwistern war verflogen. Der Friede dahin. Die Verständigung ein zweites Mal ausgesetzt. Elisabeth verdammte ihren Bruder. Dieser gewöhnte sich ans Warten, hoffte auf das Abebben des Zornes, wappnete sich mit äußerster Geduld, die manchmal in Gleichgültigkeit ausartete. Denn er sah ein, dass er seine Schwester nicht ändern konnte, verstand genauso wenig wie Stephanie die Gründe für Elisabeths Fehlinterpretationen. Hatte sie als Kind Entbehrungen erlitten, fühlte sie sich dem Bruder gegenüber von den Eltern benachteiligt? Er kannte keine Situationen, die diese Theorie bekräftigt hätten. Er hoffte, was blieb ihm anderes übrig, dass die Zeit eine heilende Wirkung erzeugen würde.

Der Hausverkauf

Nun machte sich Heinrich daran, das von Elisabeth geerbte Anwesen nach dem Tode ihrer Mutter zu verkaufen. Aufgrund mehrerer intensiver Gespräche mit Johannes waren sie zu diesem Schluss gelangt, denn das ins Alter gekommene Haus erforderte durchgreifende Renovierungsarbeiten. Auf die Inserate hin trat kein williger Kaufinteressent in Erscheinung, aber es gelang dem durchtriebenen Johannes, einen ausfindig zu machen. Es handelte sich um einen Kollegen aus der Klinik. Das Geschäft kam zustande, aber sofort stand das nächste an: Heinrich und Elisabeth waren sich einig, den Verkaufserlös in eine gut vermietbare Wohnung zu investieren. Sie begaben sich auf die Suche, welche sich nicht gerade einfach gestaltete. Entweder passte die Aussicht nicht, dann war es der Schnitt oder eben der Zustand. Nochmals erhielten sie Hilfe. Johannes vermittelte ihnen die treffende Immobilie in einem benachbarten Gebäude. Er hatte beobachtet, wie ein Möbelwagen das Mobiliar abtransportierte, sprach den Hausmeister an, der ihn über die Verkaufsintentionen der Besitzer unterrichtete. Das Ehepaar dünkte sich im siebten Himmel! Selbstverständlich war es Johannes dankbar und beschenkte ihn mit einem Wochenendaufenthalt in einem nahe gelegenen Kurort. Johannes' Reaktion war nicht die von Freude. Heinrich sprachlos. Er hatte sich doch erkenntlich gezeigt! Schließlich war Johannes nicht Makler von Beruf. Na klar, der hätte sein Sümmchen verdient. Und sie beide waren doch befreundet! Johannes sah es offensichtlich nicht so. Ihm stünde mehr zu, nicht diese klägliche Belohnung, die nicht mehr als eines Grundschülers würdig war. Heinrich verstand die Welt nicht mehr! Er hatte sich als großzügig empfunden, indem er liebevoll dieses Hotel ausgesucht hatte. Johannes Worte, er müsse dringend ein paar Tage entspannen, klangen noch in seinen Ohren. Sollte er tatsächlich einige Tausender aus der Tasche ziehen und seinem – für ihn – besten Freund für einen Dienst, der in diesem Falle ja ein Freundschaftsdienst war, überreichen? Ihm schauderte. So hätte er selber nie gehandelt. Und außerdem wusste er genau: Johannes befand sich nicht in Geldschwierigkeiten. Dann hätte er es vielleicht verstanden, dann wäre er der erste gewesen, der ihm unter die Arme gegriffen hätte. Aber so nicht! Nun besaß Heinrich zwar die perfekte Wohnung, den Freund aber hatte er verloren.

EINE JUNGE EHE
Klaus und seine Tante

Oft kam Demians Sohn, Klaus, nach der Schule zu seiner Tante Stephanie. Bei ihr überbrückte er die Zeit, bis seine Eltern aus der Arbeit nach Hause kamen. Wenn er am frühen Nachmittag eine Sport Arbeitsgemeinschaft besucht hatte, nutzte er die Gelegenheit, bei Stephanie zu duschen. Das schönste Erlebnis war aber das gemeinsame Teetrinken mit Keksen oder Kuchen, falls es zufällig einen gab. Mit Stephanie konnte er über alles reden, sich öffnen, seine Seele offenbaren. Die Hausaufgaben gingen sie ebenfalls gemeinsam an. Die auswendig zu lernenden Gedichte sagte er auf, bis es passte. Die Mathematikaufgaben wiederholte er, bis er sie verstanden hatte. Und ebenso ging es auch mit dem Rest der Lernarbeit. Als Klaus Latein üben musste, machte sich Stephanie daran, ihre schlummernden Kenntnisse wieder aufzufrischen. Obwohl sie diese Sprache immer gehasst hatte! *„Wozu braucht man eine tote Sprache?"*, pflegte sie zu sagen. Latein wurde zu ihrer Kampfeszone. In ihrem Enthusiasmus rissen sie einander mit. Jeder versuchte schneller zu übersetzen als der andere, ihn zu übertrumpfen. So wurde Lernen zum Spaß, zum Zeitvertreib.

Dass Stephanie in der Nähe seiner Schule wohnte, war der Ausgangspunkt für die Entwicklung der innigen Beziehung zwischen ihnen. Manchmal, wenn die Wetterlage es zuließ, liefen sie gemeinsam im anliegenden Park, nicht um die Wette, denn gegen Klaus hätte Stephanie keine Chance gehabt zu gewinnen, nein, nur so im Dauerlauf gemächlich nebeneinander. Ein anderer Jugendlicher hätte sich vielleicht geschämt, neben seiner Tante zu laufen, für Klaus war es das natürlichste der Welt! Er fühlte sich bei ihr aufgehoben und verstanden.

Als Klaus einmal bei Stephanie über Nacht blieb, erlebte sie am folgenden Morgen eine Überraschung: Er war ins Badezimmer gezogen, denn der Staub auf dem Kleiderschrank brachte ihn ständig zum Nießen. Im Schlafzimmer hatte er kein Auge schließen können! Sie hatte keine Kenntnis davon, dass er so empfindlich war, ebenso wenig wie von der nicht sichtbaren Staubschicht auf dem Schrank. Dieser Vorfall rief ein großes Schamgefühl in ihr auf. Was würden nun die Eltern über ihre Reinlichkeit denken? Aber Klaus hielt zu ihr, verriet nichts von der unheilvollen Nacht!

Klaus und Ingrid

Diese einvernehmliche Zeit unter ihnen endete, als Klaus in eine Fachoberschule wechselte, die am anderen Ende der Stadt lag. Vorbei die angenehmen Nachmittagsstelldicheine. Sie telefonierten, aber sie entfremdeten sich langsam. Die Jahre vergingen und Klaus, inzwischen 23-jährig, mit einem Diplom in Maschinenbau in der Tasche und einer Anstellung bei einer angesehenen Firma, stellte seine Freundin Ingrid vor. Ein äußerst sympathisches Wesen, das allen Familienangehörigen gefiel. Die Überraschung war groß, als sie ungefähr ein Jahr später verkündete, sie sei schwanger. Einer Heirat stand nichts im Wege, da Klaus durch sein gesichertes Arbeitsverhältnis durchaus imstande war, eine junge Familie zu ernähren. Aber wer zögerte? Wer war sich nicht sicher, ob diese die Frau seines Lebens sei? Klaus, der den Anschein verbreitet hatte, über beide Ohren in Ingrid verliebt zu sein, zauderte plötzlich. Und Ingrid? Reagierte vollkommen bestimmt: „*Ich werde das Kind austragen. Und ich ziehe ich es auch alleine auf, wenn es sein soll.*" Ihre Eltern waren mit jeder Entscheidung zufrieden. Sie würden Ingrid mit dem Baby unterstützen, das stand außer Frage.

Stephanie war von Klaus enttäuscht. Wieso ließ er Ingrid im Regen stehen? Sich fürs Leben zu binden, ist zwar stets eine gravierende Entscheidung, aber von ihm hätte sie schon die Handlungsweise eines Gentlemans erwartet. Sie fühlte sich Ingrid verbunden, erstens als Frau und dann waren noch die gemeinsamen Erlebnisse. Einmal die Woche spielten sie Tennis, an manchen Wochenenden gingen sie zusammen mit Klaus ins Kino und danach in ein Restaurant essen. Bücher, die sie gut fanden, tauschten sie untereinander aus und kommentierten sie ausführlich. Das alles war natürlich kein Grund, um Klaus Vorwürfe zu machen, Partei gegen ihn zu ergreifen. Nein, aber Stephanie kam zu dem Schluss, sie müsse Ingrid, die sich aufgrund von Klaus' Unentschlossenheit ein wenig von der neuen Verwandtschaft distanziert hatte, ihre Einstellung klar machen. Sie entschied sich für einen Brief. Darin verdeutlichte sie Ingrid, sie und das Kind würden für Stephanie immer als Mitglieder der Familie gelten. Sie drückte ihr ihr Mitgefühl aus, erwähnte nichts von ihrer Meinung über Klaus. Sie wollte ihn nicht bloßstellen. Stephanie empfand, sie habe ihre Pflicht getan. Sie war erleichtert und zufrieden mit ihrem Schreiben.

Der Segelschein

Schließlich fand die Hochzeit doch statt. Das junge Paar bekam ein reizendes Mädchen, Ulrike. Ingrid erwähnte den Brief nie. Stephanie sprach sie nicht diesbezüglich an, da sie fand, Ingrid sei ihr einen Kommentar, ein Dankeschön schuldig. Die Jahre vergingen, Ulrike wuchs prächtig heran, alles war im Lot. Klaus entdeckte ein neues Hobby: das Segeln. Dem konnte Ingrid nichts abgewinnen. Außer zum Schwimmen zog sie das Wasser nicht an. Sie langweilte sich, eingesperrt auf einer Jolle. Nun wollte Klaus sich sogar auf Regatten vorbereiten. Zwecks Trainings nahm er sich eine Woche Urlaub. Ingrid blieb mit Ulrike an Land. Wer erschien nun ebenfalls zu dem Kurs? Die Nachbarin Evelyn. Höflich bat sie Ingrid, auf ihren Sohn Stefan mit aufzupassen, da beide Kinder ja fast gleichaltrig wären und schon öfters einvernehmlich im Sandkasten gespielt hätten. Ingrid, im Bewusstsein, dass sie im Gegenzug ein anderes Mal auf Evelyns Hilfe zurückgreifen könnte, willigte ein. Doch war ihre Verwunderung groß, als sie die Begleiterin auf Klaus' Jolle wahrnahm: Keine andere als Evelyn zog die Segel hoch! Eine junge, adrette Frau mit einem wohlgeformten Körper und einem anziehenden hübschen Gesicht. Eine angenehme Erscheinung, nicht aber als Begleitung ihres Mannes, eng auf eng hantierend auf dem Bötchen, das war Ingrids Meinung. Auch an den folgenden Tagen änderte sich nichts an der Zusammenstellung der Paare auf den Booten. In Ingrid stieg die Wut empor! Hatte sie die Rolle des Babysitters übernommen, damit Evelyn sich ihren Ehemann schnappen konnte? Das ging ihr zu weit! Evelyns Antwort auf ihr Aufbrausen: *„Ich kenne doch sonst niemanden in der Gruppe! Ich fand es nett, ihn und damit euch näher kennenzulernen."* Diese Aussage fand Ingrid nicht zufriedenstellend und forderte Evelyn auf, sich einen anderen Partner zu suchen, was dann zu Klaus' Verwunderung auch geschah. *„Männer!",* dachte sich Ingrid, als sie Klaus' enttäuschtes Dreinblicken erwischte. Sie beschloss, dass ihr so etwas nicht ein zweites Mal passieren würde. Insgeheim meldete sie sich zu einem Segelkurs an. Ulrike verblieb an den Kurstagen für längere Zeit im Kindergarten. Der innere Wille trieb Ingrid dazu, immer akkurater zu werden, genau aufzupassen, die Windveränderungen schnell zu spüren. Von allen Trainern sowie Teilnehmern erhielt sie Lob. Als Klaus ihr dann im Sommer verkündete, er gehe auf Segeltörn, überraschte sie ihn mit der Versicherung, sie käme auch mit. *„Leider wird das nicht gehen, meine Liebste"*, erhielt sie zur Antwort. *„Du hast ja nie den Segelschein machen wollen. Der ist unerlässlich für diese Tour." „Dann schau mal her!"*, rief sie triumphierend aus und rieb ihm den frischen Schein unter die Nase. *„Das ist mein Geburtstagsgeschenk für dich!" „Wie hast du denn das geschafft?" „Ja, da siehst du. Liebe versetzt Berge! Nur für dich habe ich es gemacht. Damit uns nie wieder eine Evelyn oder sonst wer in die Quere kommt!"*

Ehekrise

Vollauf zufrieden war Ingrid mit ihrem Alltag dennoch nicht. Immer wieder hatte sie etwas an Klaus auszusetzen, nicht direkt ihm gegenüber, aber vor den Freundinnen. *„Nie kommt er frühzeitig heim! Die Arbeit! Die Arbeit! Als gebe es uns gar nicht mehr! Ich bereite ein besonderes Abendessen vor, decke den Tisch wunderhübsch für uns beide. Und wer gibt mir einen Korb? Er habe mit einem Kunden ausgehen müssen! Soll ich das glauben? Also versuche ich es ihm zurückzuzahlen! Ich lasse Ulrike bei ihrer Freundin übernachten und gönne mir den Besuch eines Theaterstücks. Nichts zu machen! Ich denke, ich wische ihm eins aus, indem ich später als er nach Hause komme, aber* *nein! Er schickt mir kurz ein SMS, dass er noch eine Skypekonferenz mit ich-weiß-nicht-wo führen muss. Ergo, er hat mal wieder gewonnen. Er ist derjenige, der als letzter die Haustür aufschließt, ich liege bereits eine Stunde im warmen Bettchen.* " Die reifere Karin antwortete ihr: *„Neulich habe ich die warmen, herzlichen Blicke beobachtet, die Klaus auf dich richtete. Er liebt dich! Und wie! Genieße es! Schätze es! Dass er so viel arbeitet, das tut er für euch! Natürlich macht es ihm auch Spaß und er ist stolz auf sich! Das solltest du auch sein und ihm zeigen! Er braucht es! Wir Frauen haben eh ein Problem: Wenn unsere Männer arbeitslos sind, verachten wir sie. Wenn sie zu viel arbeiten, schimpfen wir. Was wollen wir nun eigentlich? Wir müssen vernünftig sein, sie unterstützen. Sonst vergraulen wir sie. Solche Fälle gibt es doch wie Sand am Meer.* "

Karins Worte taten Ingrid gut. Sie bedankte sich, aber ändern konnte sie sich nicht, im Gegenteil: Sie wurde immer aggressiver. Anstatt Maßnahmen zu ergreifen, um Klaus zu halten, an sich zu binden, machte sie ihm weiterhin Vorwürfe, versteifte sich in ihre eigene Unzufriedenheit. In der Ehe kriselte es, obwohl die beiden nach außen hin stets den Anschein einer heilen Welt wahrten. Bei einigen Besuchen stellte Stephanie es fest. Es waren Kleinigkeiten, kaum vernehmbare Akzentverschiebungen in Bemerkungen. Als Klaus beispielsweise nach dem Duschen seine schmutzige Wäsche in den Korb neben der Waschmaschine geworfen hatte, rief Ingrid freudig aus: *„Danke Schatz! Hast du gut gemacht!"* In Stephanies Ohren klang es nach: *„Endlich habe ich dich dazu erzogen, die benutzte Wäsche nicht einfach im Badezimmer herumliegen zu lassen. Jetzt machst du es, wie ich es dir beigebracht/befohlen habe.*

Bravo! Nur weiter so!" Ingrid versuchte wohl, Klaus unter ihre Fuchtel zu bekommen. Aber wie! Mit enormem psychischen Druck, auch wenn ihre Bemerkungen auf den ersten Blick den Eindruck eines liebenswürdigen Hinweises oder sogar eines Lobes erweckten. Ein anderes Mal übernahm Stephanie eine Bastelarbeit für Ingrid, die gerade das Essen vorbereitete. Als sie mit dem Weihnachtsgesteck fertig war, zeigte sie es stolz Ingrid, die entsetzt schaute und meinte: *„So geht es überhaupt nicht! Nein, das muss ich noch mal machen."* Ohne ein Blatt vor den Mund zu nehmen, hatte sie Stephanie beleidigt. Dennoch: Stephanie entdeckte noch mehr hinter dieser wirschen Kränkung. Sie deutete die Handlung als Machtgehabe. Ingrid wollte bestimmen, den Takt angeben, tolerierte nicht, dass jemand etwas anders machte, als sie es sich vorgestellt hatte, d. h. akzeptierte nicht die Fertigkeiten oder Fähigkeiten anderer. Ein weiteres Mal erlebte Stephanie ihren Neffen wie einen eingesperrten Löwen. Er lief im Haus auf und ab, hin und her, außer Band und Rand. Sichtlich nervös. Obwohl es leicht regnete, bestand er darauf, dass alle einen Spaziergang machten. Er brauchte dringend Auslauf. Die nervöse Stimmung war im Hause zu spüren. Sie griff um sich, ergriff auch Stephanie. *„Nichts wie fort, wie hinaus!"*, sagte sie sich, *„sonst geschieht hier noch ein Unheil, so geladen ist die Luft! Dies ist Ingrids Werk. Sie bohrt und bohrt, lässt ihren Mann nicht in Ruhe. Das wird noch schlecht enden! Leider! "*

Klaus erkrankte. Verschleppte Bronchitis, dann Lungenentzündung. Krankenhausaufenthalt. Er fühlte sich schwach, dem Tode nahe. Und er gestand. Er erzählte seiner Ehefrau, er habe sie auf einer Dienstreise mit einer Kollegin betrogen, aber mehr als die paar Tage habe es nicht angedauert. Nach Hause zurückgekehrt, habe er festgestellt, dass er keine Liebe für die Andere empfand, dass seine Familie darüber stand. Nun, im Angesichte des Todes, wollte er mit reinem Gewissen dieses Leben verlassen. Er bat inbrünstig und aufrichtig um Vergebung. Ingrid schockiert. Das fehlte ihr noch! Wie konnte er bloß! Und dann es ihr nur aus Todesangst gestehen! Nein, so durfte man nicht mit ihr umgehen! So einfach nicht! Sie hintergehen und bereits vor Jahren! Sie ahnungslos. Jetzt fassungslos. Sie vergab ihm nicht. Und er überlebte seine Krankheit.

Der zweite Brief

Die Nachricht der Trennung des jungen Paares wirkte auf Stephanie nach diesen Vorkommnissen und den von ihr selber gezogenen Schlussfolgerungen nicht überraschend. Ingrid versuchte, Klaus zu halten, rief verzweifelt bei Stephanie an, sie solle Einfluss auf ihn nehmen, damit er zurückkehre, aber dieses Mal blieb er hart. Hatte Ingrid mit einem ihrer subtilen Befehle seine Toleranzgrenze überschritten? War nun das Fass endgültig voll? Stephanie wartete ab, dass sich der erste Sturm gelegt habe, und griff nochmals zur Feder. Zum zweiten Mal wollte sie Ingrid ihr Mitgefühl offenbaren. Sie schrieb ihr im Grunde genommen das gleiche wie im ersten Brief, dass sie Ingrid und die Kleine immer als Familienmitglieder betrachten würde, dass Ingrid stets auf Stephanie rechnen könne. Ein Freundschaftsbeweis. Der zweite in Schriftform. Der zweite, der unbeantwortet, unbeachtet, unerwähnt blieb. Stephanie sollte nicht erfahren, ob Ingrid in einem Wutanfall das Schreiben zerrissen, es nicht gelesen oder nicht an die Ehrlichkeit seiner Worte geglaubt hatte.

Erst Jahre später, als sich alle beruhigt hatten und in neuen Bahnen lebten, da traf Stephanie Ingrid bei der Kommunion von deren Tochter. Da Ingrid vollkommen entspannt und fröhlich war, wagte es Stephanie, sie auf die beiden Briefe anzusprechen. An den allerersten gab Ingrid vor, sich nicht zu erinnern. Beim zweiten hätte sie in ihrem Schmerz nicht an den Inhalt geglaubt. Sie hatte ihn als eine Farce empfunden. Ihr kamen die Tränen der verspäteten Dankbarkeit. Beide Frauen fielen sich in die Arme. So viel Kummer, weil sie nicht hatte vertrauen wollen. Groll hätte sie gegen die ganze Welt empfunden, verlassen hätte sie sich gefühlt, im Stich gelassen. *„Und gerade in dem Moment strecke ich dir die Hand aus und du nimmst sie nicht! Du verschließt dich, verweigerst dich den dich Liebenden. Schade, aber nun wird es wieder gut. Schade um die verlorene Zeit!"*, sagte ihr Stephanie voll Mitgefühl und Verständnis.

Die herzliche Tierwelt

Klaus und Ingrid bewohnten ein Haus in einem hübschen Vorort. Die Scheidung legte einen Hausverkauf nahe. Es fand sich aber kein Käufer, der einen angemessenen Preis geboten hätte. Die Zinsbedingungen waren ungünstig, die Lage des Objektes ließ zu wünschen übrig. Das Darlehen hingegen musste weiterhin abbezahlt werden. Die Not machte Klaus erfinderisch: Das Einfamilienhaus teilte er in zwei getrennte Wohnungen, jede vollständig und mit eigenem Eingang. So würde er zumindest seine Tochter aus der Nähe heranwachsen sehen. Er zog in die obere Wohnung mit seinem kleinen Gefährten Tommy, seinem Hund. Auch er musste die Trennung über sich ergehen lassen: Sein ständiger Begleiter, sein Herzensfreund Erwin, wohnte unten bei

Frauchen. Auch die Tierwelt vom Schmerz der Menschen betroffen.

Wenn Klaus in der Früh in die Arbeit aufbrach, saß Tommy schon erwartungsvoll vor der Tür. Kaum war diese geöffnet, so marschierte er behände die Treppe hinunter, kratzte an der Küchentür, die sich alsbald auftat, um ihn zu seinem Spielgefährten Erwin hineinzulassen. Dieses Ritual wiederholte sich tagtäglich. Die Hunde waren zusammen im gemeinsamen Haushalt aufgewachsen, hatten ihre Flegeljahre inzwischen hinter sich gelassen und kennzeichneten sich nunmehr durch ein gediegenes, erwachsenes Verhalten. Dennoch war der Empfang immer herzlich, als handele es sich um einen einmaligen, unerwarteten Besuch. Die Tiere beschnupperten sich gegenseitig, als bestünde die Notwendigkeit, die Identität des anderen festzustellen. Nach der Maxime: Sicher ist sicher. Dann legten sich beide in Erwins Körbchen, wo sie eine Weile in ihre Hundeträume hinabglitten. Wenn dann Ingrid mit Ulrike Vorbereitungen zum Einkaufsbummel traf, so war die Müdigkeit der beiden Gesellen im Nu verschwunden! Kräftig mit dem Schwanz wedelnd, postierten sie sich vor die Haustür, um ja nicht übergangen zu werden! Die kleinen Ausflüge in eine bis ins letzte Detail bekannte Umgebung boten dennoch unzählige Reize! Solange Ingrid ihre Einkäufe im Supermarkt erledigte, saßen die Kameraden mit gestrecktem Halse vor dem Eingang und beobachteten die Vorbeigehenden, als befänden sie sich im Polizeieinsatz und hätten die Aufgabe, jeden Verdächtigen zu melden. So gewissenhaft sie ihre Tätigkeit auch verrichteten, kaum verließ Ingrid den Supermarkt, so trotteten sie ihr wieder gemächlich hinterher, ohne ihre Hundepflichten des Schnupperns hier und da zu missachten.

Vielleicht musste Ingrid an diesem Tage noch zur Drogerie oder in die Apotheke, aber die Apotheose stellte natürlich die Metzgerei dar! Diese Gerüche, einfach göttlich! Obwohl man zu Hause das Trockenfutter doch bevorzugte und sich manchmal sogar erlaubte, im Näpfchen des Gesellen zu fressen, nur so, weil es beim Nachbarn besser schmecken könnte! Die Nachmittage verliefen dann eintöniger, aber in vollkommener Zufriedenheit, bis sich dann am Abend ein Pfiff hören ließ, Signal für Tommy den Heimweg einzuschlagen. Schon lange vor dem Pfiff hatte er selbstverständlich bereits die Ankunft seines Herrchens wahrgenommen: Das bremsende Auto, die zugeschlagene Autotür in der Garageneinfahrt, Geräusche, die Tommy sowohl traurig wie freudig stimmten. Einerseits verließ er nun seinen Freund, aber dafür brachte ihm Klaus seine Liebe und Zärtlichkeit entgegen. Obendrein konnte er sich auf die Routine verlassen: Am nächsten Morgen würde er sicherlich wieder zu seinem Herzensfreund hinuntergelassen!

NEUE LEBENSUMSTÄNDE
Herrmanns Unfall

Herrmann stellte einen Goldschatz für Stephanie dar. Stets gut aufgelegt, auf Harmonie erpicht, hilfsbereit, zärtlich, liebevoll, interessiert, spritzig in seinen Antworten, ein wandelndes Lexikon, voller Erzählungen und Anekdoten. Als Lehrer war er beliebt, seinen eigenen Enthusiasmus für Geschichte wusste er den im Allgemeinen wenig begeisterungswilligen Schülern bestens zu vermitteln. Bis zu jenem Tage, an dem er auf der Autobahn in die Massenkarambolage geriet. Das Auto Schrott! Er selber mit Hubschrauber ins Krankenhaus. Sein rechtes Bein konnte nicht gerettet werden. Amputation.

Tagtäglich eilte Stephanie von der Kanzlei in die Klinik, musste selber erst einmal verstehen, was geschehen war und vor allem was nun geschehen würde! Vorbei das gemächliche Leben, das Genießen ohne viel Nachdenken. Die Ärzte bereiteten sie sachte vor. Ein Rollstuhl käme nun nach Hause. Umbaumaßnahmen bzw. Umstellungen in den Räumlichkeiten waren angesagt. Herrmann würde Hilfe benötigen. Ihm wurde das Umsetzen vom Rollstuhl auf das Bett beigebracht, aber Vieles würde an Stephanie hängen bleiben. Sie war erschüttert. Von einem Tag auf den anderen ihr Leben aus den geordneten Bahnen geworfen, geschleudert!

Ihr Umfeld würde sie schon stützen, sie nicht fallen lassen. Kathrin, inzwischen in einer fernen Stadt seßhaft geworden, verheiratet mit zwei Kindern, meldete sich fast täglich am Telefon. Sie erteilte Ratschläge oder hörte Stephanie einfach zu, nicht mehr und nicht weniger. Dies reichte vollkommen aus. Und Demian begleitete Stephanie am letzten Tag ins Krankenhaus, um bei dem Transport des Kranken behilflich zu sein. Herrmann sichtlich erleichtert, nun endlich auf freiem Fuße zu stehen, leider nur auf einem! Er gab sich behilflich, wollte unter keinen Umständen zur Last fallen. Stephanie solle wieder normal arbeiten gehen. Hätte eh in den letzten Wochen wegen ihm viele Arbeitsstunden verloren. Er würde schon zurechtkommen. Mit gemischten Gefühlen verließ Stephanie am nächsten Morgen die Wohnung. Er könne sie ja anrufen, wenn die Ausübung des neuen Alltags sich schwierig gestaltete. Die Mittagspause würde sie ausnutzen, um nach ihm zu sehen und gemeinsam mit ihm zu speisen. Die ersten Tage verliefen ziemlich gut, Herrmann schwärmte von der Zeit, die nun endlich für aufgeschobene Lektüren zur Verfügung stand. Für das erste Wochenende hatten sich verschiedene Besucher angemeldet, die dafür sorgten, dass er abgelenkt war von seinem Malheur. Am Telefon meldeten sich sogar einige Schüler, die ihn vermissten und inbrünstig baten, doch bald wiederzukommen, denn der Ersatzlehrer sei nicht auszustehen. Als er dies vernahm, schaute er an seinem Körper entlang und wurde nachdenklich. Wollte er so vor den Jugendlichen erscheinen? Als Krüppel? Oder würde er den Hut nehmen, sein Arbeitsleben um fünf Jahre verkürzen und in Zurückgezogenheit weiterleben? Er hatte erstmal drei Monate Zeit, um sich über seine Zukunft Klarheit zu verschaffen, um zu lernen mit der neuen Situation, mit den häuslichen Gegebenheiten fertig zu werden, um festzustellen, wie Stephanie zu seiner Entscheidung stehen würde.

Sie beäugten sich beide. Einer den anderen. Wie kam er zurecht? Was empfand sie mit diesem neuen Mann? Es lief. Keiner von beiden beklagte sich. Sie schienen die Situation im Griff zu haben. Das meinten die Außenstehenden. Er ging in Rente, trotz Stephanies Bedenken. Was würde er so viele Stunden tun, er, der immer unter Menschen, jungen, lebhaften geweilt hatte? Würde die Einsamkeit, die er noch genoss, ihn eines Tages nicht erdrücken? Anfangs wusste er sich noch zu beschäftigen. Mit der Zeit verlor er das Interesse am Sortieren der Fotos, am Lesen, – mit wem sollte er sein Wissen teilen? - sogar am Fernsehen. Er lernte es, die Depressionen, seine Langeweile, seinen Ekel vor sich selber, dem Unnützen, zu überspielen, zu verheimlichen. Anfangs gelang es ihm bestens, bei Stephanies Ankunft in ihrem Heim Freude zu empfinden und zu zeigen. Aber auch diese Rolle, diese Maske warf er nach einem halben Jahr ab.

Er wurde launisch. Dieses und jenes passte ihm, den ehemals friedlichen, genügsamen, überhaupt nicht mehr. Meckern wurde zu seinem neuen Beruf. Die Abhängigkeit von seiner Frau zermürbte ihn. Die floh in die Arbeit, vertiefte sich in sie wie noch nie zuvor. Sie blühte dort regelrecht auf, erhielt die härtesten Fälle, die sie durch Hartnäckigkeit und Fleiß zur Bewunderung aller Kollegen hervorragend meisterte. Aber dieser Zenit lag schnell hinter ihr, da sie sich vollends verausgabte und mit der häuslichen Belastung das Tempo unmöglich beibehalten konnte. Mit Erschöpfungssymptomen, oder war es schlicht Burnout?, wurde sie in Kur geschickt. Drei Wochen für sie alleine! Für ihren Körper. Für ihre Seele. Viel Sport, viele Entspannungsübungen. Mit Herrmann, bestens versorgt durch

Demian und seine Frau Deborah, telefonierte sie täglich. Diese Nabelschnur war sie nicht fähig zu durchschneiden. Diese Last konnte sie unmöglich vollkommen abgeben, obwohl sie sich sicher war, dass ihr Bruder und ihre Schwägerin der allerbeste Ersatz für sie selber waren.

Energie beladen, erholt, in voller Frische kehrte Stephanie nach Hause zurück. Einige Methoden zur Beruhigung hatte sie verinnerlicht, hielt sie geistig parat, um nicht in Herrmanns Fallen zu tappen. Er, der Verlassene, sah sie vorwurfsvoll an; er, der Ehemann, nahm sie freudig in die Arme: *„Endlich bist du wieder da! Monate hast du mich verlassen! Mach das nie wieder!" „Aber es waren doch nur drei Wochen! Und ich war am Ende! Behandle mich gut, dann brauch ich auch nicht mehr zu gehen!",* antwortete Stephanie ein wenig beleidigt und mit einem Fuße geistig in der Tür, um sofort wieder zu verschwinden! Das war nicht der Empfang, den sie sich vorgestellt hatte! Wie lange würde sie von den Wohltaten der Kur zehren können? Wie lange würde deren Wirkung anhalten und ihr Halt geben?

Eines Tages erschien Demian mit einem Geschenk, halbwegs versteckt unter dem Arm: Er brachte einen Welpen, braun-schwarzes kuscheliges Fell, ein kleines rundes Bällchen, das leise bellte oder winselte, denn es wusste noch nicht, ob es willkommen geheißen oder abgelehnt würde. Eine Überraschung. Ein Einfall, eine Eingebung, die er zufällig zu Besuch bei Freunden hatte. Eines der drei kürzlich von ihrer Hündin geworfenen Nachkommen wollten sie abgeben. Demian erbat sich eine Bedenkzeit und danach auch noch das Rückgaberecht, falls das Tierchen bei Herrmann in Ungnade fallen sollte. So hätte dieser Begleitung und obendrein eine Beschäftigung, indem er den Hund ausführte.

Er hätte eine Aufgabe, mehr noch, er wäre gezwungen, die Wohnung täglich zweimal zu verlassen. Bei jedem Wetter. Ohne Ausreden! Das kleine Wesen würde sich mit seinen Bedürfnissen schon durchsetzen!

Erste Reaktion des Betroffenen: *„Das kommt gar nicht in Frage! Ich habe noch nie ein Tier besessen, werde damit jetzt nicht beginnen! Weg damit! Raus!"*

Man versuchte, ihn zu beschwichtigen, die Vorteile aufzuzeigen. Letztlich wurde eine Probezeit ausgehandelt. *„Ich verstehe, dass du es gut mit mir meinst, Demian. Und ist das auch nicht einfach ein abgekartetes Spiel zwischen euch Geschwistern? Führt mich einfach hinters Licht, setzt mich vor vollendete Tatsachen! Na ja. Vielleicht habt ihr sogar recht!"*, lenkte Herrmann schließlich ein.

Und das Experiment erwies sich als erfolgreich. Die zwei Wesen verstanden sich. Sie nahmen Rücksicht aufeinander. Der stärker werdende Labrador protzte nicht mit seiner Kraft. Er schien zu verstehen, dass sein Herrchen ihm nicht entsprechen konnte. Geduldig wartete er auf ihn, lief ihm nicht flink davon. Er übernahm sogar die Rolle des Beschützers, stellte sich unaufgefordert vor den Rollstuhl, wenn andere Hunde an dem Gestell riechen wollten. Sein Instinkt sagte ihm, dass Herrmann schutzlos war, unfähig, sich selber zu verteidigen. Dazu fühlte er, Blackie, sich nun verpflichtet. Treuherzig sah er seinen Gebieter an, las ihm die Gedanken von den Augen ab, leckte ihm die Hand, um die Traurigkeit wegzuwischen, kläffte fröhlich, wenn die Stimmung danach stand. Stephanie kam aus dem Staunen nicht heraus. Wieso war sie nicht selber auf so eine Idee gekommen? Sie freute sich und war erleichtert. Herrmanns

Wesen veränderte sich zum Positiven. Es war eine Pracht, dem Paar zuzuschauen, das sich gebärdete, als sei es schon immer ein solches gewesen, wie füreinander geschaffen. Der Hund, der Begleiter des Menschen, der treue Freund des Menschen.

Der Gast und seine Gäste

Es gab gute Tage und weniger gute Tage. Aber Stephanie und Herrmann lernten es, ihren Alltag zu meistern. Dann trat eine Veränderung ein. Elisabeth überbrachte Stephanie eine ausgefallene Bitte: *„Könnte Sophie für drei Monate bei dir wohnen? Heinrich und ich, wir wollen eine Weltreise unternehmen. Wir bekommen beide Sonderurlaub. Das ist in den Firmen schon besprochen. Es würde uns sehr helfen, Sophie bei dir untergebracht zu wissen. Sie ist jetzt fast 18, eine fleißige Schülerin, die Unabhängigkeit gewohnt ist. Sie hat dem Vorschlag übrigens schon zugestimmt. Es fehlt nur noch eure Einwilligung. Für Herrmann wird es bestimmt eine riesige Abwechslung und Bereicherung in seinem eintönigen Alltag bedeuten. Wir können uns am Samstag zusammensetzen und die Details besprechen."*

Bedenkzeit benötigte Stephanie allerdings. Eine zusätzliche Belastung bereitete ihr Angst. Und sie war sich gar nicht sicher, ob Herrmann die neue Bewohnerin willkommen heißen würde. Und so war es auch: *„Wieso müssen wir das junge Mädchen hier aufnehmen? Wir haben eh wenig Platz. Wer weiß, was für Freunde sie ständig heranschleppt und was die dann treiben. Wir tragen immerhin die Verantwortung für ihr Tun und für dessen Konsequenzen! Und die können vielfältiger Natur sein. Das brauche ich dir nicht zu erläutern!"* Als hätte Stephanie sich nicht bereits Gedanken diesbezüglich gemacht und längst mit Elisabeth besprochen!

Im September zog Sophie bei ihnen ein. Alle drei nervös. Zu viel würden sie sich nicht über den Weg laufen: Sophie verweilte bis 14 Uhr in der Schule und ging danach ihren vielfältigen Beschäftigungen nach, die von Sport über Babysitten bis zu den Sitzungen für die Schülerzeitung reichten. An den Samstagen verschwand sie in Diskotheken, von denen sie sich allerdings bis Sonntagmittag erholen musste. Zu Tisch mit ihren Gastgebern entfachten sich stets lebhafte Diskussionen über verschiedentliche Themen der Aktualität. Herrmann spürte eine Brise aus seiner Lehrertätigkeit zu ihm hinüberwehen. Seine Augen hellten sich auf. Manchmal erweiterte sich der Kreis: Sophie brachte Freundinnen oder gar Freunde mit. Herrmann fühlte sich an Martin Luthers Mittagstisch erinnert. Der Gelehrte hatte das Zwiegespräch mit den Studenten für seine eigene Urteilsbildung benötigt, hatte es aufgesogen, um es in veränderter, vollendeter Form in seinen Schriften wiederzugeben. Stephanie beobachtete erleichtert, wie ihr Gemahl aufblühte, er, der Skeptiker, nun der Angepasste.

Als Stephanie eines Abends von der Arbeit zurückkehrte, traf sie Sophie mit ihrer Freundin Sacha im Wohnzimmer an. Voller Entsetzen stellte sie fest, womit die beiden beschäftigt waren: Sachas unzählige lange schwarze Zöpfchen aufzulösen. Sie hatte einige Wochen lang die Rastafrisur getragen und den jungen Damen war nichts Besseres eingefallen, als die mühsame und langwierige Tätigkeit des Entflechtens auf dem feinen beigen Velourssofa zu verrichten. Auf der sandfarbenen Wüste der Couch lagen nun unzählige schwarze Würmer herum, denn diesen ähnelten die in wochenlanger Marter gewundenen Haare. *„Aber reg dich nicht auf!"*, brauste Sophie auf. *„Wir werden das schon wegsaugen. Du hättest auch nichts bemerkt, wärst du wie üblich eine halbe Stunde später gekommen!"* *„Erkennst du nicht, wie ekelhaft das ist, wenn man bedenkt, wie viele Haare hier verstreut sind? Oft lege ich mich zum Mittagsschläfchen hier nieder. Ab jetzt wird mich jedes Mal ein Schaudern ergreifen. Ästhetisch ist das nicht gerade! So etwas gehört sich halt nicht! Es gibt Grenzen, die man erkennen und respektieren muss!"*

Stephanie sagte sich, dass das Zusammenleben mit fremden Menschen automatisch zu Konfliktsituationen führt. Das Wichtige dabei sei nur, wie man mit letzteren umgeht. Ein derartiges Vorgehen wie das mit Sachas Haaren würde sich nicht wiederholen, das war ihr klar. Aber es sollte andere geben! Sie bemerkte, dass Sophie immer wieder zu ihrer Parfümflasche griff. Das fand sie erträglich, obwohl Sophie sie nicht um Erlaubnis gebeten hatte. Heimlich fühlte sich Stephanie sogar geschmeichelt, denn die junge Dame befürwortete offensichtlich ihren Geschmack! Ablehnung oder Kritik hätte sie eher erwartet. Deswegen deutete sie diesen winzigen Diebstahl als Lob und Achtung ihrer selbst! Richtig unverschämt fand Stephanie Sophies Verhalten erst, als sie ihr Fläschchen nirgendwo im Bad auftreiben konnte! Sophie verbrachte das Wochenende bei Sacha und hatte einfach das Parfüm eingesteckt! So weit ging Stephanies Großzügigkeit nicht! Sophie erhielt nach ihrer Rückkehr eine gehörige Standpauke! Ab dann kamen Stephanies teure Cremes und weitere Kosmetika unter Verschluss!

Tags darauf fand Stephanie Sophies Handy auf dem Couchtisch liegen. Da es gerade läutete, beschloss sie, das

Gespräch entgegenzunehmen. Aber schon war aufgehängt worden. Eine gewisse Neugier packte Stephanie. *„Ist das nicht ein Wink des Schicksals? Bittet es mich nicht regelrecht darum, in dieses Wunderding der Technik hineinzuschauen, das heutzutage alle Geheimnisse jedes einzelnen Menschen in sich birgt? Das fast mehr über ihn weiß als er selber?"* Stephanie nahm die Einladung an. Sie drückte hier und da und stieß auf eine Nachricht Sophies an ihre Mutter Elisabeth. Darin berichtete sie über Stephanies ungerechte, übertriebene, unangemessene Behandlung in Punkto Sacha und in Punkto Parfüm: *„Sie erinnert mich an die Figur der Baba Jaga. Du hattest mich doch bereits als Kind beim Hören von Mussorgskis Klavierzyklus „Bilder einer Ausstellung" auf den Flug dieser Hexe hingewiesen",* las Stephanie entsetzt über sich selber und grübelte: *„Ein vollkommen vernichtender Vergleich! Und das in meinem Hause, als mein Gast! Welche Unverschämtheit!"* Nur Kathrins tröstende Worte am Telefon konnten sie beruhigen.

Ein paar Tage später eine unbewusste Wiedergutmachung - redete sich Stephanie zumindest ein – in Form einer herzlichen Geste vonseiten Sophies: Zu Stephanies Geburtstag, den sie selber meist mit Stillschweigen überging, stellte Sophie einen selbstgebackenen Kuchen mit Schokoglasur auf den Tisch, geschmückt mit einigen symbolischen Kerzen, nicht echten Anzahl der Geburtsjahre entsprechend. Dazu hatte Sophie noch drei Karten für einen historischen Film besorgt, den auch Herrmann genießen würde. Als sie an diesem 15. Oktober den Kuchen auf den Balkon stellten, zerfloss leider die Glasur aufgrund der starken Sonneneinstrahlung.

Dennoch schmeckte er allen vorzüglich und sie verbrachten einen gemütlichen, angenehmen Nachmittag.

Immer wieder blieben Gäste bei Sophie über Nacht. Stephanie sah das nicht mit Begeisterung. Ein hin und wieder konnte sie noch akzeptieren, nicht aber eine allwöchentliche Gewohnheit! Schließlich hatte sie eine Bewohnerin in – wie sie auszudrücken pflegte – ihrer bescheidenen Behausung aufgenommen. *„Meine Dreizimmerwohnung ist kein Hotel! Das muss dir ein für alle Mal einleuchten!"*, ermahnte sie Sophie. Aber Sophie gierte nach Leben, nach Genuss, nach Freundschaften. *„Und ein männliches Wesen übernachtet schon gar nicht unter meinem Dache! Das muss dir noch eindeutiger sein!"*, fügte die Gastgeberin in Rage geraten hinzu, als Sophie mit dem Antrag erschien, Robert, der gerade über das Wochenende aus Bremen in der Stadt sei, brauche ein Bett. Stephanie hatte bei Sophies Einzug nicht alle Eventualitäten bedenken können, sie waren ihr nicht eingefallen. Dass Sophie ihr Zimmer – das Gästezimmer – selber staubsaugen und rein halten musste, dass sie ihre Wäsche eigens waschen und im Keller aufhängen würde, dass sie beim Tischdecken oder -abräumen helfen sollte, war klar, aber die vielen Besucher über Nacht hatte Stephanie nicht bedacht. Kathrin stimmte ihr zu, dass man unmöglich im Voraus all Unannehmlichkeiten bedenken kann.

Als fast drei Monate im Beisein von Sophie vergangen waren, traf Stephanie der zweite große Schlag ihres Lebens: Die Kanzlei wurde verkleinert. Um die Hälfte! Die Auftragslage hatte sich verändert. Sie gehörte zu den Entlassenen! Man gab ihr sechs Monate Zeit, sich um eine neue Stelle zu bemühen. An Empfehlungsschreiben würde es nicht fehlen. Was tun? Den ganzen Tag mit dem griesgrämigen Herrmann zu Hause verbringen oder doch noch mal den Weg hinaus einschlagen? Sie war erst 50. Noch mit genug Elan, um den Neustart zu wagen. Jeden Abend saß sie am Computer, wälzte Anzeigen, schrieb Bewerbungen. Musterbewerbungen sind passé. Für jede Stelle musste eine neue, für den spezifischen Arbeitgeber angepasste gefertigt werden. Zeitkonsumierend. Nervtötend. Voller Hoffnungen. Voller Enttäuschungen. Ein ständiges Auf und Ab in ihrem Gemüt. Das Herrmann zu spüren bekam. Er reagierte. Er wurde noch fordernder, ungehaltener. Statt sich selber hintenan zu stellen, Rücksicht auf die strapazierten Nerven seiner Gattin zu nehmen, positionierte er sich deutlicher in den Mittelpunkt, als wolle er sagen: *„Vergiss mich über alle deine Sorgen nicht!"*

Stephanie erläuterte Sophie die neue Situation; dass sie nervlich am Ende sei, der Stress, die Angst, die Aufregung sie zerfraßen. Sie bekam den Eindruck, dass auch Sophie kein Verständnis für sie aufbrachte, genauso wenig wie Herrmann. Sie nickte, als wolle sie sagen: *„Diese Erwachsenen haben alles und regen sich dermaßen auf! Wir, die nächste Generation, wir haben es wirklich schwer! Werden wir eine Arbeit finden? Liegt die Welt nicht schon jetzt in Scherben?"* Stephanie deutete Sophies Reaktion als den Egoismus der gegenwärtigen Jugend. Sie denke nur an sich.

An einem Freitagnachmittag teilte Sophie ihrer Gastgeberin mit, Robert sei nun wieder über das Wochenende in der Stadt. Stephanie nahm diese Aussage als Feststellung an, nicht als Weiterführung in die Frage, ob er in der Wohnung nächtigen dürfe. Dieses Thema hatte sie ja geklärt: Kein Mann übernachte bei ihnen. Und an diesem

Wochenende sowieso niemand, denn: *„Sophie, hör mal zu. Am Montag habe ich mein erstes wirkliches Vorstellungsgespräch. Diejenigen, die ich bis dato geführt habe, waren sozusagen Übungsveranstaltungen, die ich nicht so ernst genommen habe. Aber diese Stelle interessiert mich ernsthaft! Deswegen möchte ich die nächsten Tage gerne gemächlich angehen, damit ich mich am Montag konzentrieren kann. Ich hoffe, du hast Verständnis dafür!"* *„Na klar.",* lautete Sophies beruhigende Antwort.

Stephanie war erleichtert und froher Dinge, als sie dann am Abend eine Überraschung erlebte. Es klingelte. Wer stand vor der Tür? Robert, den die außerordentlich fein geschminkte, mit kurzem Röckchen bekleidete Sophie hereinbat. *„Ist ja in Ordnung"*, dachte Stephanie, *„er holt sie ab, um auszugehen."* Sie unterhielten sich eine Weile zu viert im Wohnzimmer, als endlich Sophie zögerlich mit der Sprache herausrückte: *„Robert kann ja neben mir schlafen. Das Bett ist ja breit genug. Und wir haben nichts miteinander! Seid beruhigt!"*

„Wie bitte?", antwortete Stephanie entsetzt. *„Das kommt überhaupt nicht in Frage! Das hatten wir schon besprochen! Kein männliches Wesen übernachtet hier!"* *„Wieso? Ich hatte dich doch heute Nachmittag gefragt, ob er hier bleiben darf und du hast bejaht!"* *„Nein, so war es nicht!"*, gab Stephanie zurück und fing an, innerlich zu kochen. *„Du hast lediglich mitgeteilt, dass Robert in der Stadt ist. Ein Statement, Schluss! Kein Sterbenswörtchen hast du vom Übernachten bei uns geäußert!"* Und so ging die Diskussion noch einige Minuten weiter. Da er selbstverständlich weder Geld für eine Übernachtung in einem Hotel noch weitere Freunde besaß, die über genug

Wohnfläche verfügten, um ihn aufzunehmen, so blieb Stephanie nichts anderes übrig, als ihn die Matratze aus dem Keller holen lassen, damit er nach der Tanzerei in der Disko sein Lager im Wohnzimmer aufschlagen konnte.

Am nächsten Morgen nahm Stephanie das Frühstück in der Küche ein. Herrmann missgestimmt: *„Ich habe es dir doch vorausgesagt! Die heutige Jugend nimmt keine Rücksicht! Macht, was sie will! Wir zählen ja nicht! Sind gut genug, um ausgenommen zu werden."* „Nun übertreib mal nicht!", versuchte Stephanie ihn zu beruhigen, obwohl er in ihren Augen durchaus recht hatte. Sie wollte die Sache nicht auf die Spitze treiben: *„Alles geht vorüber, das pflegtest du immer sehr weise zu behaupten! Halt dich doch an deine eigenen Axiome!"* Bis zur Mittagszeit blieb das Wohnzimmer blockiert. Nach dem Duschen und einem schnellen Imbiss verschwanden die beiden jungen Leute bis spät in die Nacht. Stephanie hörte sie nicht einmal beim Heimkommen. Am Sonntagmorgen stand die Tür zum Wohnzimmer offen. Vielleicht hatte Robert doch einen Bekannten gefunden, bei dem er übernachten konnte. *„Gute Lösung!"*, dachte Stephanie bei sich und ging ihrer Hausarbeit nach. Aber wer trat am fortgeschrittenen Vormittag aus Sophies Zimmer? Erst sie, gähnend, dann er, ein wenig verlegen. Stephanie konnte ihren Augen nicht glauben! Also doch beide im gleichen Zimmer! Ehe sie eine Beschimpfung loslassen konnte, entschuldigte sich schon Sophie: *„Robert wollte nicht ein zweites Mal stören und das Wohnzimmer in Beschlag nehmen. Deswegen haben wir die Matratze in mein Zimmer gelegt. Ehrlich: Wir haben getrennt geschlafen. Es ist nichts passiert!"* Stephanie war wutentbrannt! Also zum zweiten Mal ihre Worte, ihre Befehle von Sophie missachtet:

Einmal, weil sie Robert überhaupt mitgebracht hatte, ein zweites Mal, weil sie ihn in ihrem Zimmer nächtigen ließ. Aber Stephanie riss sich zusammen. Nein, sie würde die junge Dame nicht anschreien. Nein, sie würde ihren Frust, ihren Unmut hinunterschlucken, so schwer es ihr auch fiel! Aber dann offenbarte ihr ein Blick in Sophies Zimmer, dass dort geraucht worden war. Ein Schälchen voller Zigarettenstummel, ja ein Schälchen, denn Aschenbecher waren vor Jahrzehnten aus Stephanies Wohnung verbannt worden. Jetzt wurde sie auch des Nikotingeruchs gewahr. Auch das Rauchverbot also übergangen! Stephanie verlor die Kontrolle über sich. Ein heftiger, leidenschaftlicher Redeschwall überquerte ihre Lippen. Ihre Entrüstung nahm Konturen an, die ihre eigene Vorstellungskraft übertrafen. Sie war außer sich und so fühlte sie sich auch: Sie stand neben sich, konnte sich betrachten, erkannte sich nicht wieder. Wer war dieser Mensch, der da heftig durch die Gegend schrie? Worte aus sich spie; sie sah regelrecht Kröten und Spinnen, Schlangen und andere bösartige Reptilien, die aus ihr herausquollen. Wie gezeichnet in der Blase in einem Comic. Wie würde ein Psychiater ihr Verhalten nennen?

Die jungen Leute flohen aus dem Hause. Am nächsten Tag, noch teilweise benommen von ihrem Anfall, fand Stephanie die richtigen Ausdrücke, um sich zu entschuldigen. Sophie sah sie fragend an. Sie hielt Stephanies Fehlverhalten für unverzeihbar. Sie selber traf keine Schuld. Dass sie gerade an diesem Wochenende vor Stephanies wichtigem Vorstellungsgespräch den Freund aufgenommen hatte, war reiner Zufall und durchaus keine böse Absicht gewesen. Wie hätte sie auch mit einer so abwegigen übertriebenen Reaktion vonseiten Stephanies rechnen können? Die Harmonie war vorbei. Sophie ging ihren Gastgebern aus dem Wege oder verkroch sich in ihrem Zimmer. Und wieder war es Kathrin, die Verständnis für Stephanies Wutausbruch hatte, die sie bemitleidete, ohne sie dennoch zu kränken.

Stephanie sagte das Vorstellungsgespräch ab. Sie sei krank. So fühlte sie sich tatsächlich und keinesfalls in der Verfassung, Fangfragen richtig zu beantworten. Der Kopf zerbarst ihr. Sie meldete sich auch in der Kanzlei ab. Sie verbrachte den Tag im Bett, nahm den bereits begonnenen Paulo Coelho, „*Der fünfte Berg*", zur Hand und hörte dazu die Neunte Symphonie von Bruckner. Sie stellte fest, dass beide Werke erstaunlich gut zueinander passten! Beide handelten von der Suche nach Gott. Bruckner hat sein gesamtes Werk Gott gewidmet, aber diese Symphonie im Besonderen! Stephanie hatte die beste Beruhigungsspritze gefunden, die sie sich vorstellen konnte. Und ihr kam der Gedanke, ob es nicht für sie selber an der Zeit war, nach diesem höheren Wesen zu suchen.

Eine Woche später fand die Wohngemeinschaft ein Ende und der Spuk war somit vorbei. Sophies Eltern zurück von der Weltreise. Elisabeth entsetzt über Stephanies Aussetzer. Sie vertraue ihrer Tochter blind. Wenn sie behaupte, da sei nichts vorgekommen zwischen ihr und Robert, dann sei das die absolute Wahrheit! Und die jungen Leute seien halt unberechenbar in ihren Plänen, mal gehen sie nach links, mal unvorhergesehener Weise nach rechts. Stephanie habe sich unmöglich verhalten! Ab nun persona non grata. Stephanie argumentierte, sie habe unter extremer Belastung gestanden, neben dem Job, dem behinderten Ehemann, der Arbeitssuche, dann noch Sophies Unverschämtheit, das sei in dem Moment vor dem

Vorstellungsgespräch zu viel gewesen. Aber nichts galt in Elisabeths Ohren. Vorbei die Freundschaft!

Stephanie suchte sich zu trösten. Wie war das zwischen Émile Zola und Paul Cézanne gewesen? Von Kindesbeinen an befreundet und dann der Bruch, als sich Cézanne hintergangen, schlecht gemacht, verachtet, geschmäht gefühlt hatte. Von Zola in dessen Roman *„L' oeuvre"* *(„Das Werk")* durch Worte gezeichnet, die der alte Freund sehr gut verstand. Cézanne war ein gescheiterter Maler, während der Romancier bereits uneingeschränkten Ruhm genoss. Cézanne stellt ihn zur Rede, aber der Freundschaftsmord ist bereits begangen, nicht rückgängig zu machen. Beide Seelenverwandte werden sich nur noch selten sehen. *„Wenn so etwas Genies geschieht, was kann ich dann erwarten?"*, dachte Stephanie traurig.

Freundschaften sind wandelbar. Man betrachte Alexander den Großen, der nach vielen gemeinsam durchstandenen Schlachten seinen Jugendfreund Philotas wegen angeblichen Verrats und anschließend, sozusagen als Vorsichtsmaßnahme, ebenfalls dessen Vater Panemion töten lässt. Auch sein langjähriger Kampfgefährte Klaithos erliegt im Saufgelage dem gleichen Los. Solch eine Handlungsweise unter Kriegern, die mehrere Jahre lang durch den Vorderen Orient und Asien gezogen sind, zusammengeschmolzen, aneinander gekettet wurden durch den kriegerischen Alltag, der mehr Zusammenhalt, Treue, Verlass auf den anderen, Verantwortung für den anderen fordert als jede sonstige Lebensweise! Mord an Freunden, wo Freundschaft bei den Griechen als höchstes, erstrebenswertes Gut galt!

Stephanie nahm die Bibel zur Hand. Was äußerte dort Paulus im 13. Kapitel des 1. Briefes an die Korinther? Liebe als Basis für jegliche Art von Handlung, wertlos jedwede, die nicht auf ihr ruht. Sprachlos blieb sie. In Gedanken versunken.

LIEBSCHAFTEN

Sophie und Robert

Nach dem nochmaligen Bruch mit Stephanie wandte sich Elisabeth wieder mehr dem Ehepaar Johannes und Christine zu. Und auch Sophie freundete sich intensiver mit deren Tochter Silvia an. Abgesehen vom Alter, verbanden sie kaum Gemeinsamkeiten, denn Silvia hatte im Gegensatz zu Sophie eine überaus strenge Erziehung erhalten. Mit neidischem Blick betrachtete Silvia die reifere Freundin, die in der Zwischenzeit doch in eine enge Beziehung zu Robert getreten war. Er stellte eine gute Wahl dar, intelligent, gut aussehend, interessiert, belesen, aufgeschlossen, aber auch ein wenig gerissen, wie sich beweisen lässt.

Eines Tages fuhr Christine in ein Einkaufszentrum und traf dort zufällig Robert, der auf Sophies Bitten hin von Bremen in ihre Stadt gezogen war. Sie unterhielten sich über sein Studium, die anstehenden Prüfungen und Seminararbeiten. Beiläufig erwähnte Christine: *„Ich muss mich beeilen, denn ich brauche noch einen Termin in der Tankstelle für den Reifenwechsel. Der ist schon überfällig!"* *„Wo hast du denn die Sommerreifen? Das kann ich dir ja bewerkstelligen."* *„Wirklich? Die sind zu Hause im Keller. Wann hast du denn Zeit?"* *„Wenn du willst, komme ich jetzt gleich mit zu dir und erledige die Arbeit."* Also fuhren sie in Christines Wagen nach Hause und der junge Mann holte die Reifen aus dem Keller, tauschte sie aus und deponierte die Winterreifen an ihrem Ort im Keller. Als Christine einige Scheine aus ihrer Brieftasche herausholen wollte, hielt er sie mit folgenden Worten davon ab: *„Nein, nein, das habe ich* *doch aus Gefälligkeit getan. Ihr habt mich doch so oft bei euch zum Essen eingeladen. Ich bin froh, dass ich mich auf diese Weise galant revanchieren kann." „Aber wieso? Das steht dir doch zu!" „Ich schäme mich ein wenig",* erwiderte Robert und biss sich immer wieder auf die Lippen. *„Ich habe eine Bitte, wenn du erlaubst." „Raus mit der Sprache! Tu nicht so geheimnisvoll!" „Ich habe in diesem Monat mein Budget gesprengt. Ich benötige etwas Geld." „Von wie viel reden wir?",* fragte Christine irritiert. Sie mochte es nicht, wenn man um den heißen Brei herumredete. Er sollte zur Sache kommen, damit sie eine Entscheidung fällen konnte. *„Na ja, 500,- Euro würden mir schon aus der Patsche helfen",* erwiderte er kleinlaut. *„Und wie sieht es mit der Rückzahlung aus? Hast du da einen Plan?" „Ende nächsten Monats hast du es zurück! Ich bekomme ja die Überweisung von Papa",* sprudelte es aus einem erleichterten Robert heraus. Er hatte nicht damit gerechnet, dass er so ein leichtes Spiel haben würde. Christine fragte nicht nach, wie hoch die monatlichen väterlichen Beträge ausfielen. Robert würde sich bestimmt mit seinen Ausgaben sehr einschränken müssen, wenn er die Summe von 500,- Euro sofort abzweigte. Es war ihr klar, dass er ihr das Geld nicht pünktlich zurückgeben würde, vielleicht auch überhaupt nicht. Sie fand es aber prickelnd, den Deal einzugehen, einen mit sich selber: *„Kann man den Menschen vertrauen? Macht Robert mir in diesem Moment etwas vor? Oder ist er überzeugt, dass er sein Wort hält? Wird er vielleicht jemand anderes anpumpen, um mir die Schuld zurückzuzahlen, wobei aber eine neue Verschuldung beim Nächsten entsteht? Bin ich etwa schon eine zweite oder dritte Angesprochene? Egal! Ich probiere es aus! Ich weiß, ich pokere. Ich bin ja nicht auf das Geld angewiesen."* Christine lieh ihm die verlangte Summe, ließ ihn aber eine Art Schuldschein unterschreiben. Als leichtes Druckmittel, dass es für ihn ernst werden konnte. Robert verließ sie hocherfreut. Nach vier Wochen keine Spur von ihm. Nach zwei weiteren Wochen rief Christine ihn an. Keine Antwort. Sie hinterließ eine Nachricht, er solle sich bei ihr melden. Drei Tage später kam er persönlich vorbei. In der Hand: 100,- Euro. *„Immerhin etwas!"*, sagte sich Christine. In zehn Tagen würde er den Rest bringen. Daraus wurde nichts. Aber im Laufe der folgenden Monate brachte er immer wieder stückchenweise das Geld zurück, mal einen 50,-er, mal einen 100,-er. Christine klopfte sich selber auf die Schulter: *„Ein gelungenes Experiment! Ich habe nichts dabei verloren, im Gegenteil: Ich habe an Erfahrung gewonnen."* Und jetzt erst traute sie sich, Johannes von der Transaktion zu erzählen. Er hatte sich gewundert, warum Robert immer wieder kurz zu Besuch erschien. Der Ehemann zeigte ausnahmsweise Hochachtung vor Christines Mut, schalt sie nicht!

Doch gab es auch Grund für Missstimmungen mit dem jungen Mann. Als Johannes eines Abends die drei Jugendlichen zu einer Party fuhr, entstand eine solche Situation. Während Silvia neben ihrem Vater Platz genommen hatte, saß das Pärchen Sophie-Robert eng aneinander geschmiegt auf dem hinteren Sitz. Und womit beschäftigte es sich? Mit Knutschen! Fünf Minuten, zehn Minuten und es hätte noch weitergemacht, wenn Johannes nicht einfach den Wagen angehalten und die beiden kurzerhand hinausgeworfen hätte. Sie verstanden ihr Vergehen nicht. *„Mitten in der Nacht, irgendwo, sollen wir aussteigen?"*, fragte Sophie dem Weinen nahe. *„Bitte, lass uns doch mitfahren!"*, flehte sie weiter. *„Hier ist auch weit* *und breit keine Bushaltestelle vorhanden!"* Aber Johannes blieb hart. Sophies Verhalten passte ihm nicht. Einmal, weil es kein gutes Beispiel für Silvia abgab, andrerseits, weil es ihn persönlich kränkte. *„Mich betrachtet ihr einfach als euren Chauffeur und ihr könnt euch da hinten amüsieren! Mehr Respekt, junges Fräulein!"* Silvia wollte zugunsten ihrer Freundin intervenieren, aber ihr Vater untersagte es ihr. Auf der Party erschienen Sophie und Robert selbstverständlich nicht.

Christine und Karl

Johannes' Strenge machte Christine zu schaffen. Er war in allem extrem fordernd und gleichzeitig beharrlich. Seine Passion galt den Bergen. Er hatte bereits mehrere der höchsten Alpengipfel bestiegen, den Mont Blanc, das Matterhorn, den Piz Bernina, und andere mehr. In den ersten Ehejahren hatte er stets darauf bestanden, dass seine Ehefrau ihn auf den Wanderungen begleitete. Silvia trug er als Kleinkind in der Kraxe hinauf. Mit heranwachsendem Alter sollte es dann immer länger auf den eigenen Beinen die Berge emporsteigen. Jahr für Jahr setzte er die Latte seiner Anforderungen höher. Er stachelte an, er motivierte, er verlangte das Äußerste an Kräften. Maß halten kannte er nicht. Frau und Tochter wurde es zu viel. Sie gaben auf, sie weigerten sich, an diesen Gewalttouren teilzunehmen. Der Erschöpfungszustand raubte ihnen jegliche Freude an den Fußmärschen. Johannes wutentbrannt. *„Feiglinge! Schwächlinge! Und du, Christine, beeinflusst ja nur unsere Silvia! Die könnte ich ja noch begeistern, denn sie nimmt die Naturschönheiten da oben wahr! Diese Weite! Diese Nähe zu Gott oder zur Unendlichkeit! Du hingegen bist vor lauter Müdigkeit und/oder Trotz nicht dazu imstande, dich zu* *öffnen! Schade um euch!"* Und somit kam der Tag, an dem die Beteiligung der beiden Damen an diesen Ausflügen endgültig vorbei war. Johannes suchte sich andere Begeisterungswillige, die das Abenteuer nicht scheuten. Denn seine Unternehmungen erwiesen sich manchmal als grenzwertig, vor allem, da er seine eigenen Grenzen missachtete oder im Gegenteil im vollen Bewusstsein überschritt. Mal entgingen die Wanderer knapp einem Lawinenabgang, mal mussten sie mit dem kläglichen Licht der Taschenlampen durch den Schnee stapfen, mit dem im frühen Herbst noch niemand gerechnet hatte und der die Tour um Stunden verlängerte. Einmal war Johannes, alleine unterwegs, in eine seichte Gletscherspalte gefallen, aus der er sich mühselig rettete, indem er die Schuhe kräftig in das Eis stieß und somit peu à peu emporkam. Später gestand er seine Todesangst und seinen Zuwachs an Gottesvertrauen. Wer erwartete, dieses riskante Ereignis habe ihn geläutert, irrte. Er wurde dadurch kein bisschen vorsichtiger. Mit ihm loszuziehen, war nicht jedermanns Sache. Es gehörte Mut dazu und Vertrauen in sein Können. Niemals ließ er jemanden im Stich. In Angst erregenden Situationen spendete er Trost, obwohl die Gefahr ihm genauso galt wie den anderen. Er teilte sein letztes Brot, seinen letzten Schluck warmen oder erkalteten Tee mit den Begleitern, verlieh seine Jacke an den, der sie nötiger zu haben schien als er selber, obwohl die Kälte ihm ebenfalls zu schaffen machte. Von ihm hörte man nie eine Klage oder einen Fluch über den unerwarteten Wetterumschwung mit seinen beängstigenden Folgen für die Mannschaft. Er nahm sich keinen Vorteil heraus, er verhielt sich vorbildlich kameradschaftlich, wartete auf die Langsameren, ermunterte sie weiterzumachen. Bei seiner Familie hatte er versagt, sie offensichtlich durch

Überforderung vergrault. Suchte er nach einer Wiedergutmachung, nach einem Ausgleich?

Derweil litt die zu Hause gebliebene Christine unter starken Kopfschmerzen, die sie mit Recht auf ihre Angst vor ihrem Mann zurückführte. Sie, zart wie ein Blümchen, stürzte sich in die Malerei, für die Johannes gar kein Verständnis aufbringen konnte. Sie pflegte dennoch ihre Leidenschaft, besuchte regelmäßig Kurse und stellte auch hin und wieder in Galerien aus. Johannes bezeugte nochmals sein Desinteresse, indem er sich dort nie zeigte. *„Alles nur Werke von Dilettanten! Ramsch! Ich verliere meine Zeit nicht mit so etwas!"* Mit solchen Worten zeigte er Christine unmissverständlich seine Verachtung für ihr Hobby, streichelte sie aber zum Ausgleich herablassend über den Kopf. Während seine Ausdrucksweise Christine anfänglich verletzte, entdeckte sie bald durch seine Ablehnung ihrer Welt ein unabhängiges Reich für sie selber, ein Reich, zu dem er keinen Zutritt hatte und auch nicht begehrte. Seine Machtbefugnisse endeten davor. So entwickelte sich die Kunst immer mehr zu ihrer Fluchtzone, die ihr Sicherheit bot. Dann geschah es. Auf einer Vernissage traf sie einen Bekannten, Karl, Arzt wie ihr Gatte. Beide Männer waren seit der Studienzeit befreundet, pflegten weiterhin den Kontakt durch gegenseitige Konsultationen bei schwierigen medizinischen Fällen, hatten gemeinsam manch eine wissenschaftliche Publikation in namhaften Zeitschriften veröffentlicht, hielten sich obendrein für gute Kameraden. Nach der Ausstellungseröffnung lud Karl Christine auf einen Drink in ein nahe gelegenes Lokal ein. Es war das erste Mal, dass sie sich unter vier Augen trafen. Die Unterhaltung drehte sich um Kunst. Sie stellten freudig fest, dass es sich um beider Steckenpferd handelte. Sie begannen, Ausstellungen gemeinsam zu besuchen und im Anschluss Essen zu gehen. Ihr Verhältnis wurde zunehmend intimer, immer mehr Gemeinsamkeiten und Vorlieben traten zutage. Christine hatte einen rücksichtsvollen Seelenverwandten gefunden, der auf ihre Wünsche einging, der sie nicht wegfegte, wie Johannes es in seiner autoritären Art zu tun pflegte, einen, der liebevoll mit ihr umging, sie nach ihren Wünschen fragte, nicht die eigenen voranstellte.

Elisabeths Stellungnahme

Zwei Jahre lang hielten sie ihre Zusammenkünfte geheim. Aber da war eine Person, die Verdacht schöpfte: Elisabeth. Immerzu hatte Christine sie aufgefordert, fast gedrängt, zu ihren Vernissagen zu kommen, obwohl Elisabeths Äußerungen stets sehr kritisch, sogar verletzend ausfielen. Elisabeth nahm bekanntlich kein Blatt vor den Mund, um ihre Meinung kundzutun. Diese Verhaltensweise war aber nie ein Grund für Missstimmungen zwischen den Frauen gewesen. Und plötzlich keine Einladungen, keine Mitteilungen mehr. *„Komisch!"*, dachte sich die aufmerksame Elisabeth. *„Da stimmt doch etwas nicht!"* Sie schaute in die Zeitung und fand den Termin zu einer Ausstellungseröffnung für den folgenden Tag. *„Da gehe ich mal hin. Unangemeldet. Als Überraschung!"* Die Galerie war gut besucht. Elisabeth nahm ein Glas Sekt in die Hand und schlenderte an den Bildern entlang. Sie entdeckte ihre Freundin am Ende des Raumes, in Begleitung eines Herrn, vertieft in eine Unterhaltung über ein Gemälde, auf das sie aufgeregt zeigten. Ihre Hände berührten sich fast, ihre Köpfe ebenso. Sie schienen abwesend zu sein. In ihrer eigenen Welt, abgerückt, innig miteinander verbunden. *„Das sieht* *nicht nach zwei Bekannten, zwei guten Freunden aus. Nein, da steckt mehr dahinter!"*, schloss Elisabeth ihre detektivische Untersuchung und näherte sich dem selbstvergessenen Paar. Schrecken stand Christine ins Gesicht geschrieben! Sie fasste sich schnell, umarmte ihre Freundin und stellte den Herrn vor. *„Ach ja, Karl!"*, meinte Elisabeth unverzüglich, *„ich erinnere mich! Du bist doch Kollege von Johannes und wir haben uns bei Einladungen schon einige Male gesehen!"* Die Unterhaltung lief harmlos weiter über die Kunstobjekte der Ausstellung. Aber Elisabeth begann, logische Verbindungen herzustellen! Mehrmals in den letzten Monaten hatte sie Christine für ein neues Kleid, eine Jacke, ein Kostüm gelobt! Christine hatte ihren Stil über Bord geworfen, sich komplett erneuert, verjüngt, verschönert! Ihr Haarschnitt war anders, gewagt, sportlich. Ohne Schminke traf man sie nicht mehr an, aber immer dezent. Es wurde Elisabeth klar: *„Das hat sie für ihn getan! Liegt doch offen auf der Hand! Sie ist zu einem neuen Menschen geworden! Sie hat ein neues Lebensziel entdeckt! Und Johannes? Hat er es bemerkt? Schaut er seine aufblühende, erwachende Ehefrau überhaupt mit offenen interessierten Augen an? Nein! Aber auch ich war blind. Man sieht halt nicht, was man nicht bereit ist zu sehen. Christine ist verliebt! Und wie! Kann ich ihr nicht übel nehmen bei dem harten Charakter ihres Ehemannes!"* Diese Neuigkeit hatte Elisabeth erkannt, wie sollte sie aber weiter vorgehen? *„Soll ich Christine direkt ansprechen? Von Frau zu Frau über ihr Geheimnis reden? Steht es mir zu, mich in ihre intimen Dinge einzumischen? Was hat sie überhaupt vor? Handelt es sich um einen Seitensprung, eine nette Affäre, die über die Langeweile des Alltags hinweghilft? Oder nehmen sie sie beide ernst? Sollte ich also mit ihr offen kommunizieren,*

denn sie benötigt bestimmt jemanden zur Aussprache?
Welche Rolle soll ich spielen, ohne die Grenzen zu
überschreiten? Treue ja, aber Einmischung wäre doch zu
viel", so haderte Elisabeth mit sich selber. Aber Christine
kam ihr zuvor. Sie lud sie zu einem Kaffeestündchen ein. Sie
unterhielten sich über Nebensächlichkeiten, näherten sich
zaghaft dem Thema Kunst als Brücke zu Karl. Man merkte
Christine an, dass sie sich fragte: *„Hat sie etwas festgestellt*
oder nicht? Soll ich meine Angelegenheit erwähnen oder sie
auf sich ruhen lassen? In wieweit kann ich ihr als Freundin
vertrauen? Für wen wird sie Partei ergreifen?" „Karl ist ein
toller Mann", bekam Christine plötzlich aus Elisabeths Mund
zu hören. Elisabeth nahm ihre Hand und schaute ihr tief in
die Augen. *„Ich kann mir gut vorstellen, dass man sich in ihn*
verlieben kann.", fuhr sie fort. Nun, da die Geschichte ins
Rollen geraten war, gab es keinen Halt mehr. Christine fühlte
sich verstanden, Tränen der Erleichterung und des Glücks
liefen ihr über die Wangen. Zuviel Stress hatte sie sich selber
auferlegt. Das Verstecken spielen kostet Energie, verbraucht
Kräfte, die woanders vonnöten sind. Christine erzählte wie
im Rausch. Sie wollte alles loswerden, gehört werden, ihr
Glück in die Welt verkünden, alle teilhaben lassen. *„Und*
dein Johannes?", fragte Elisabeth besorgt. *„Und deine*
Silvia? Du kannst nicht nur an dein Glück denken. Beide
waren und bleiben wichtige Personen in deinem Leben!"
„Das ist es ja gerade. Wenn es sie nicht gäbe, wäre alles
ganz einfach, aber Gott sei Dank gibt es sie natürlich."
„Lass dir Zeit, Christine! Übereile nichts! Dann wirst du
schon den richtigen Weg für euch alle finden!" „Oh, du
kannst dir nicht vorstellen, wie froh ich bin, mich mit dir
ausgesprochen zu haben. Es ist eine schwere Last, die man in
der Einsamkeit trägt. Ich danke dir für deine Anteilnahme an

meinem Schicksal. Sei versichert, dass ich nun die Geheimnistuerei aufgebe und dich auf dem Laufenden halte!" Christine hielt Wort und Elisabeth verriet ihre Freundin nicht, nicht einmal Heinrich erfuhr ein Sterbenswörtchen über die Vorkommnisse in seiner Nähe.

Karl, der sanfte, seit mehreren Jahren verwitwet, fing an, Christine zu einer Entscheidung zu drängen. Sie solle die Ehequalen nicht mehr dulden, sich trennen, zu ihm, Karl, ziehen. Sie verdiene es, geachtet zu werden, die Tochter stehe vor dem Studium, würde eh in Bälde in eine andere Stadt wechseln. Christine fiel es schwer, einen Schlussstrich zu ziehen. Einundzwanzig Jahre mit Johannes, den sie seit Kindesbeinen kannte, ihn verlassen, das musste durchdacht sein. Bedeutete Karl wirklich das Glück ihres Lebens? Wo die Garantie dafür finden?

Johannes' Reaktion und sein neues Liebesleben

Sie tat den Schritt. Sie eröffnete Johannes, dass sie sich scheiden lassen wolle. Johannes glaubte ihr nicht. *„Du liebst jemand anderen? Unmöglich!"* Er fühlte sich als Gott, ihm kam niemand gleich. Als er erfuhr, dass kein anderer als sein Kollege Karl der Neue war, dass der sogenannte „Freund" ihn mit seiner Frau hintergangen, nicht aus Respekt vor der Freundschaft Abstand zu seiner Angetrauten genommen, die Regeln des Freundschaftsbundes stattdessen missachtet hatte, da widerte ihn dieser an. Als verletzte ihn die Untreue des Freundes mehr als jene der Ehefrau! Anfangs weigerte er sich, einzuwilligen. Das Weltbild seiner selbst war zerstört. Dann überlegte er es sich anders: *„Scheidung ja, aber du heiratest ihn sofort und ich bin euer Trauzeuge. Damit auch alles seine Ordnung hat!"* Und so kam es dann auch. Er bestimmte also über die Scheidung hinaus, erhielt aber die Sicherheit, Christine so komplett los zu sein, sie aufgehoben, unter Dach und Fach zu wissen. Ein Kapitel für ihn damit erledigt.

Johannes ging seiner Wege, d. h. er tobte sich aus, benötigte Wiedergutmachung für seine gekränkte Seele. Eine Frau tat es ihm besonders an: Agathe. Eine beeindruckende Erscheinung: Großgewachsen, schlank, gepflegtes langes, braunes Haar, dazu ein Paar smaragdfarbene Augen, von denen der Betrachter nicht loskam, sehr gesprächig, witzig, humorvoll. Liiert war sie mit einem verheirateten Mann, von dem sie eine Tochter, Valentina, hatte. Agathe verlangte von ihrem Liebhaber nicht die Scheidung. Sie lebte so sehr gut. Erhielt Unterhalt für die inzwischen Achtjährige und selber ein Gehalt für ihre Designerarbeit. Zwölf Jahre zuvor war sie in die Modebranche eingestiegen. Sie erschuf für die Textilfirma ihres Geliebten neue Kreationen, die er hoch schätzte und die für sein Geschäft unverzichtbar geworden waren. Die Luxuswohnung, in der sie wohnte, hatte er ihr zum zehnjährigen Bestehen ihrer Liaison überschrieben. Es fehlte ihr an nichts. Sogar ihre Freiheit durfte sie genießen, flirten, Abenteuern mit anderen Männern nachgehen.

Johannes wusste, dass er den Liebhaber nicht ausstechen konnte, dass Agathe auf sein Fingerschnippen hin sofort zu ihm eilen würde. Das störte Johannes am Anfang nicht im Geringsten; so fühlte er sich ebenso frei, zu nichts verpflichtet. Mit der Zeit fiel ihm das Teilen schwerer. Sie fuhren in Urlaub. Valentina dabei. Auf seinen Schultern, wenn das Mädchen vom Durchlaufen der Städte ermüdet war, an seiner Hand, wenn sie einen Wunsch geäußert hatte, den er ihr widerstandslos stets zu erfüllen bereit war, ein musterhafter Ersatzvater ohne Wenn und Aber. Im Hotel hatten sie zwar zwei nebeneinander liegende Zimmer gebucht, Valentina beharrte aber darauf, mit der Mutter zu schlafen. Die Mama gab nach. Also teilten sie zu dritt ein Zimmer, Valentina lag in der Mitte des Ehebettes. Dabei blieb es nicht eine Nacht, sondern die ganze Woche über. Agathe schien es zu passen. Johannes zog sie sexuell nicht sonderlich an. In Gedanken weilte sie bei ihrem echten Liebhaber. Auch Johannes schien es nicht wirklich zu stören. Lag ihm vielleicht mehr an Valentina als an der Mutter? War er zum Pädophilen mutiert? Das sagte ihm Christine ohne Umschweife direkt ins Gesicht, als er ihr vom ungewöhnlichen Urlaub erzählte: *„So etwas darfst du dir als Arzt überhaupt nicht erlauben! Stell dir vor, irgendjemand bemerkt es, ein Stubenmädchen beispielsweise, und meldet es! Du kommst in Teufelsküche! Deine Praxis bist du los! Was ist dir nur durch den Kopf gegangen?"* Christine, von Ehefrau zur Beraterin mutiert.

TREUE GEGEN UNSITTE
Der perfekte Gärtner

Seit Jahren beschäftigte Johannes einen Gärtner, der trotz eines angeborenen Hüftschadens hervorragende Leistung vollbrachte. Er war flink, gewissenhaft, benötigte keinen gezielten Auftrag, unternahm stattdessen selbständig Verbesserungen und Veränderungen. Den Heckenschnitt führte er rechtzeitig durch ebenso wie die Bepflanzungen für den folgenden Frühling. In besseren Händen konnte sich Johannes seinen Garten nicht vorstellen. Dennoch besaß Franz neben seiner körperlichen Behinderung einen weiteren Defekt, nämlich einen leicht entzündlichen, aufbrausenden Charakter. Sein Auftraggeber störte sich wenig daran, denn er begegnete ihm persönlich nicht. Die Bezahlungen liefen über Dauerauftrag und Sonstiges erledigte man per SMS. Franz pflegte während der Arbeit vor sich hin zu fluchen: *„Na, komm schon du blöder Ast! Dich krieg ich schon klein!"* oder: *„Ewig diese Kabelschnur vom Mäher! Immerzu nur im Wege!"* Die Nachbarn kümmerten seine Selbstgespräche nicht. Sie betrachteten und akzeptierten ihn als komischen Kauz.

Der am Garten angrenzende Bürgersteig war mäßig frequentiert, obendrein hauptsächlich von den Nachbarn der näheren Umgebung, von bekannten Gesichtern. Eines Tages zogen drei junge Männer vorbei, deren lautstarkes Gebrüll nicht zu überhören war. Als sie Franz wahrnahmen, stießen sie schallendes Gelächter aus: *„Schau dir den an! Der gleicht ja dem von der Kirche... Wie hieß die nochmal?" „Du meinst wohl den Glöckner von Notre Dame, du Ungebildeter!*

Passt ja auch nie auf im Unterricht!" „*Gib nicht so an! Das weißt du nur durchs Musical! In der Schule bist du doch der lauteste Schnarcher!"* Und so bewarfen sie sich mit kleinen Beleidigungen. Es war ihre Sprechweise, ihre Angewohnheit. Freundlichkeit war ihnen zuwider, lehnten sie als weibisch ab. Machogebaren, das trugen sie nach außen. Da hatten sie aber nicht mit Franz' Reaktion gerechnet! Sein Gehör war nicht beeinträchtigt und das Geschrei der Jugendlichen auch von einem Halbtauben nicht zu überhören! Franz schoss das Blut ins Gesicht, seine Augen funkelten vor Wut; wenn es etwas gab, das er nicht ertrug, dann dass man ihn missachtete. Genug hatte man ihn in seiner Schulzeit gehänselt, genug hatte er damals gelitten, im Stillen oder mit Faustschlägen sich verteidigt. Als Erwachsener spürte er zwar die Blicke auf seinen ungeraden Gang, aber Sprüche wie die der Knaben hatte er schon lange nicht mehr vernommen. Die Neuheit der Situation machte ihn handlungsunfähig. Das ärgerte ihn umso mehr. „*Diese unerzogenen Gören werden es erleben! Nächstes Mal kommen sie nicht ungeschoren davon!"*, dachte Franz vor sich hin, als die Jünglinge schon um die Ecke verschwunden waren.

Eine Woche darauf lag Franz auf der Lauer. Es war wieder Mittwoch, um die 15 Uhr 30, die Uhrzeit, zu der die drei Kameraden bestimmt wieder vorbeigehen würden. Er hielt einen dicken Stock bereit. Als die drei wieder lärmend am Gartentörchen vorbei waren, öffnete er es und strandete einen gewaltigen Schlag auf eins der Köpfe, nach dem Zufallsprinzip. Ob es dieser Junge gewesen war, der ihn beleidigt hatte, oder ob ein anderer unter ihnen der Schuldige war, spielte in diesem Moment für Franz keine Rolle. Alle drei waren als Gruppe die Täter. Der junge Mann brach zusammen, lag da als gedrücktes Häufchen. Die anderen beiden, nachdem sie sich von ihrem Schrecken und Staunen erholt hatten, griffen mit erstaunlicher, durch die Angst gesteigerte Kraft nach Franz. Sie entrissen ihm die Waffe, brauchten dann nichts mehr zu unternehmen, denn Franz sah wie gebannt auf das Blut, das aus der Kopfwunde floss. Als hätte er nicht ahnen können, was solch ein Schlag bewirkt. Er war wie gelähmt! Somit konnte einer der Jungen die Polizei und einen Notarzt anrufen. Der Verletzte wurde versorgt, zum Nähen und zur Beobachtung ins Krankenhaus gefahren, der Täter zum Verhör zur Polizeistation. Franz leugnete seine Tat nicht. Er erzählte mit ungewohnt leiser Stimme von der Beleidigung und von seiner Rache. Er kam in Untersuchungshaft.

Johannes' Großmut

Johannes als sein Arbeitgeber wurde benachrichtigt und zur Aussage herbeigebeten. Arbeitsrechtlich war alles in Ordnung, die Sozialabgaben geleistet, Franz besaß seinen Gewerbeschein. Es ging um sein Verhalten, ob es als vorsätzlich zu bezeichnen sei. Johannes beschloss, auf eigene Kosten einen Anwalt für den nicht in üppigen Verhältnissen lebenden Franz mit dessen Verteidigung zu beauftragen. Nach einigen Tagen wurde Franz mit einer Geldstrafe entlassen, denn der Angegriffene war mit einer oberflächlichen Wunde davon gekommen. Und Johannes? Der Wohltäter? Er hatte seine Pflicht getan. Den langjährigen Mitarbeiter in Schutz genommen. Nun wollte er nichts mehr mit ihm zu tun haben. *„Einen potenziellen Mörder beschäftigen, in meinem Hause, nein! Das ist zu gefährlich! Diesmal ist es gut gegangen, aber was wird noch werden? Hoffentlich lernt er seine Lektion, mäßigt sich, aber wenn* *nicht? Was dann? Soll ich vielleicht unter seinem Beil liegen? Oder das Nachbarskind?"*, erzählte Johannes seiner Exfrau. *„Du hattest ihn doch gern! Es lag dir schon immer daran, ihm zu helfen. Nicht nur in deiner Arztpflicht, einfach menschlich gesehen. Ich habe mich schon immer gefragt, ob man Freund eines Mörders sein oder werden kann. Erinnerst du dich an Truman Capotes „Kaltblütig"? Darin beschreibt der Autor sein Verhältnis zu einem Angeklagten, seine Sympathie für ihn, aber die hört auf, als er die Sicherheit bekommt, dass dieser Mann kaltblütig einen Mord begangen hat. Bei dir ist es ebenso: Unsere Moral verbietet es uns, Freund eines Kapitalverbrechers zu sein oder zu bleiben. Zu viel trennt uns von so einem Menschen. Die Frage ist eh, ob er noch als solcher gelten kann, nicht eher als Unmensch bezeichnet werden muss! Klar ist, dass Franz ein Choleriker ist, was nicht unbedingt bedeutet, dass er schlimmere Gewalttaten ausführen wird."*

Die beiden Ex-Eheleute verstanden sich; derjenige, der nichts verstand, war Franz. *„Wieso hilft er mir, frei zu kommen, drückt mir noch zweitausend Euro in die Hand und verschwindet auf nimmer Wiedersehen? Lässt mich im Regen stehen. Verstehe einer die Besserverdiener!"* Dass er einen Verhaltenskodex verletzt hatte, das erkannte er nicht, war ihm fremd. Er musste sich eine neue Klientel aufbauen; in der gleichen Gegend fand er keine Arbeitgeber mehr.

Deborahs Rückenschule
Nach dem misslungenen Experiment der Wohngemeinschaft mit Sophie traten bei Stephanie verstärkt Rückenschmerzen auf. Spritzen brachten nur vorübergehend Erleichterung, die Physiotherapie ebenso. Psychische

Belastungen sind bekanntlich schwieriger zu beseitigen als physische. Sie sprach sich mit Deborah, ihrer Schwägerin, aus. Diese hörte ihr nicht nur aufmerksam zu, sondern machte ihr einen Vorschlag: *„Komm doch, sagen wir mal, dreimal die Woche in der Früh zu mir und wir üben zusammen mit einer Gymnastik-CD, die ich mir kürzlich gekauft habe. Mir wird es auch guttun. Zu zweit macht es mehr Spaß. Und man muss dran bleiben. Du siehst ja selber, dass ein paar Mal, wie vom Arzt verschrieben, bei einem tiefsitzenden Problem nicht reichen."* „Versuchen kann ich es auf jeden Fall. Ich danke dir! Mir würde es in der Früh, so um 7 Uhr 30 passen." „Ja, das geht. Dann hat Demian nämlich gerade das Haus verlassen."*

Am nächsten Morgen standen beide Damen vor dem Fernseher, reckten und streckten sich nach den Angaben der Vorturnerin. Es war kaum eine halbe Stunde vergangen, als das Telefon bereits klingelte. Deborah schien darauf gewartet zu haben. Sie verließ unverzüglich das Zimmer. Stephanie dachte sich nichts dabei. Nicht bei diesem ersten Mal. Die Telefonate sollten sich aber bei allen Zusammenkünften der Sportlerinnen wiederholen. Stephanie schöpfte Verdacht. Deborah wurde immer unruhiger, unsicherer, gebar sich wie ein gescheuchtes Wesen, traute sich nicht mehr Stephanie in die Augen zu schauen. Stephanie hatte Lunte gerochen und wollte diesem Spielchen im Verborgenen nicht mehr tatenlos zusehen. Sie beschloss, ihre Schwägerin direkt anzusprechen. Das Wohl ihres Bruders lag ihr am Herzen. Deborah gestand ihr, ein Verhältnis mit einem verheirateten Mann, namens Oskar, eingegangen zu sein. Ohne Grund, denn sie liebte ja Demian und beabsichtigte nicht, ihn zu verlassen. Sie war wie ein unschuldiges, naives Mädchen in diese Affäre hineingeschlittert, fand sie aufregend, aber inzwischen wurde sie ihr gefährlich. Jedes Mal, wenn sie die Trennung herbeiführen wollte, waren ihr die Worte dazu entschwunden, der vorbereitete Text vergessen. Sie schmolz in seinen Armen dahin. Er wusste, sie geschickt zu halten. *„Und Demian ist bereits argwöhnisch geworden. Neulich sah er mich am Computer sitzen, kam auf mich zu und ich habe das Gerät schnell ausgemacht. Er fragte mich lächelnd, was ich da Geheimnisvolles weggedrückt habe. Das war aber nicht das einzige Mal. Kleinigkeiten haben in seinem schlauen Gehirn bestimmt schon ein Ganzes ergeben. Ich merke es an spitzfindigen Bemerkungen, wie: „Heute hast du dich aber wieder besonders schick gemacht! Ist das für mich?", fragt er dann verschmitzt. Oder ich komme spät nach Hause und er kommentiert: „Ach, du warst bestimmt nochmals mit dieser neuen Freundin – wie heißt sie noch mal? – im Kino!" Legt mir die Ausrede, das Alibi, selber in den Mund. Veräppelt mich im Grunde! Ich habe sogar den Eindruck, er ist mir ein paar Mal gefolgt."*

„Wie wär es denn, wenn wir alle miteinander das Thema besprechen. Das heißt, falls du bereit bist, den anderen Mann für alle Ewigkeit aufzugeben.", pflichtete Stephanie bei. Und so kam das Treffen zustande; Stephanie übernahm die schwierige Rolle der Mittlerin, der Mediatorin. Demian zeigte sich nicht überrascht. Seine Vermutungen fanden ihre Bestätigung. Mit seinem friedfertigen Charakter war er bereit, Deborah zu verzeihen, ihren Fauxpas aus seinem Gedächtnis auszuradieren. Deborah war erleichtert. Das Verhältnis hatte sich zur Last entwickelt, die sie nun durch Demians Liebe und durch seinen Halt abwerfen konnte. Auch Stephanie empfand Freude darüber, dem

Bruder einen wohlverdienten Dienst erwiesen zu haben. Ein Dienst, den sie als Pflicht betrachtete, aus Geschwisterliebe sowie aus Freundschaft heraus geleistet.

Und wo hatte Deborah diesen Charmeur kennengelernt? Bei der Sozialarbeit, bei ihrer ehrenamtlichen Tätigkeit in einem Flüchtlingslager. Dort verbrachte sie täglich an die acht Stunden. Unentgeltlich. Sie unterhielt sich mehr recht als schlecht mit den von Kindern umgebenen Frauen, fand stets einen „Dolmetscher" unter den Flüchtlingen, der ihr die Sorgen und die Nöte der Mütter übersetzte. Sie füllte mit ihnen die äußerst umständlich verfassten deutschen Formulare aus, die sie kaum selbst zur Vollständigkeit verstand, begleitete die Ausländer auf Ämter, wobei Arztbesuche nie fehlten. Ihre Hilfsbereitschaft sprach sich herum, jeden Morgen wurde sie von einigen Frauen erwartet, die untereinander bereits ein System für ihre Reihenfolge ausgehandelt hatten. Die Frauen versuchten, sich erkenntlich zu zeigen. Mal überreichten sie ihrer Wohltäterin ein Stück selbstgebackener Süßigkeiten, mal ein selbst gesticktes Tuch. Deborahs Dankbarkeit war grenzenlos. Sie bewunderte jedes Teil, lobte die Handfertigkeit der Geberin, die sich wiederum geschmeichelt und anerkannt fühlte.

Zu Hause erwähnte Deborah ihre Tätigkeit mit keinem Wort. Die Familie wusste nichts von ihren Heldentaten, nicht einmal davon, dass sie von den Lagerbewohnerinnen die Bezeichnung „Heilige Deborah" erhalten hatte. Demian erfuhr durch ein Telefonat einer dieser Frauen, wie ruhmreich sich seine Gattin für die Geflüchteten einsetzte; ihre Aufopferungsgabe kam dadurch für ihn erst ans Licht. Deborah hatte ihre Gaben unter den Scheffel gestellt. Voller Bescheidenheit.

London und mehr

Nach erfolgreicher Abiturprüfung ging Sophie für ein Jahr als Au-pair nach London, um ihr Englisch zu perfektionieren. Sie schrieb voller Begeisterung über ihre Eindrücke, die Gastfamilie, den internationalen Freundeskreis, den sie im Völkergemisch der ehemaligen Hauptstadt eines riesigen Kolonialreiches vorfand. Nichts Vergleichbares hatte sie in ihrem wohlbehüteten deutschen Heimatstädtchen kennen gelernt. Jetzt erst gingen ihr die Augen auf, wie provinziell sie doch aufgewachsen war. Dieser Reichtum an Sprachen, Hautfarben, Bräuchen, Denkarten und nicht zu übersehen oder überriechen die Vielfalt an andersartigen Gerichten, alles zusammen genommen beeindruckte sie sehr. Ihre Sprachkenntnisse machten Fortschritte, die Kinder, die sie zu hüten hatte, bezeichnete sie als äußerst brav. Ein vollends gelungenes Jahr. Bei ihrer Rückkehr sah man ihr an, dass sie kein Kostverächter gewesen war. Schön rund, vor allem in der Taille. Bald sollte sich der wahre Grund dafür offenbaren: eine Schwangerschaft. Heutzutage nichts Verwerfliches, nichts Erstaunliches, dass eine unverheiratete Frau ein Kind in die Welt setzt. Nur, wer war der Erzeuger? Darüber ließ sich Sophie kein Wort entlocken, nicht von den Eltern, nicht vom Amt. *„Unbekannt"* wurde als Vater eingetragen. Zumindest konnte man erraten, woher der Papa stammte: Die Haut- und die Haarfarbe deuteten in Richtung Asien, genauer nach Indien. Nicht verwunderlich bei Sophies Enthusiasmus für die andersartigen Bewohner Londons. Offensichtlich unterhielt sie keinerlei Korrespondenz mit dem Vater. Offensichtlich war er unwissend bezüglich seiner Vaterschaft. Offensichtlich beließ ihn Sophie in dieser Unwissenheit. Mochte sie ihn nicht mehr leiden? Hatten sie gestritten, bevor sie England verlassen hatte? Kein Sterbenswörtchen ließ sie diesbezüglich verlauten. Die Eltern rätselten anfangs, dann umgarnten sie die Enkelin, dieses unverhoffte Geschenk. Nicht aber so der Rest der Verwandtschaft. „*So etwas tut man nicht. Das ist Raub. Ja, der Vater wird seines Kindes beraubt! Er hat ein Recht auf sein Kind. Es ihm verheimlichen! Das geht nicht!*", argumentierte der verstockte Peter. Und Marie? Sie wollte gar nichts mehr von ihrer Kusine wissen, einerseits wegen des vermeidbaren Fehltritts, schließlich hätte sie verhüten können, andrerseits wegen des Sabotageaktes dem Vater gegenüber. Diese Reaktion schmerzte Sophie sehr.

Ganz anders reagierten Christine und Johannes. Sie akzeptierten kommentarlos Sophies Vorgehensweise. „*Wir möchten keine Erklärung erfahren. Sie ist erwachsen und weiß, was sie gemacht hat, was sie tun wollte. Es wäre anmaßend, sie und ihre Handlungsweise zu verurteilen. Wir heißen die Kleine willkommen!*"

Denunziation

Eines Tages erhielt Stephanie einen unerwarteten Anruf. Caroline, die Jugendfreundin aus Schulzeiten, war am Apparat. Sie meldete sich nach Jahren der Stille, der kompletten Abwesenheit. Sie plauderten eine Stunde lang. Die reichte nur, um die wichtigsten Eckpfeiler der nicht geteilten Vergangenheit aufzuzählen. Am Wochenende setzten sie sich vor den Computer und skypten miteinander. Sie begutachteten die Veränderungen in ihrem Gegenüber, sahen sich in einem Spiegel: „*Wenn sie dermaßen gealtert ist, wie muss ich dann jetzt wohl aussehen? Erst durch eine so lange Trennung wird uns bewusst, was die Zeit mit uns angerichtet hat!"*, so dachte jede für sich ein und dasselbe!

Caroline lebte in Izmir. Sie hatte einen türkischen Ingenieur geheiratet, zwei Töchter auf die Welt gebracht, arbeitete als Architektin im Ministerium. Auch ihr Ehemann war im Bauamt tätig. Sie hatten ein gutes Auskommen, eine geräumige Wohnung, besaßen ein Auto, die Mädchen studierten erfolgreich an der Universität.

„Das hört sich ja alles ganz prima an", pflichtete Stephanie ihrer alten Schulkameradin bei und berichtete ebenfalls ihren Werdegang, endend mit Herrmanns Unfall, mit seiner Behinderung. Diese Wendung in einem gut verlaufenen Leben, dieser Blitzschlag mit unumkehrbaren Folgen lockerte Carolines Zunge. Mitgeteilt hatte sie nur die positiven äußeren Begebenheiten, die Schattenseiten hatte sie nicht gewagt aufzutischen. Auch sie war vom Schicksal nicht verschont geblieben.

Ahmet hatte sie in Deutschland in der Studienzeit kennengelernt. Er war aufgeschlossen gewesen, trank hier und da ein Bierchen oder gar ein Gläschen Wein mit, zierte sich nicht vor Schweinefleisch, das ihm seine Religion eigentlich verbot. Er gab sich modern und aufgeschlossen. Er ging einfach und offen auf die Menschen zu. Sein Temperament, sein Witz und sein Einfallsreichtum wirkten auf Caroline anziehend. Nichts Andersartiges, Fremdartiges fiel ihr an ihm auf. Sie verliebten sich ineinander. Vor der Heirat verbrachten sie zwei Wochen bei seiner Familie in einem abgelegenen anatolischen Dorf. Caroline hofiert wie eine Prinzessin, vorgeführt, bestaunt, bewundert, beschenkt. Die Gastfreundschaft imponierte ihr. Sie war das Zentrum aller Aufmerksamkeit. An nichts sollte ihr fehlen. Nie in ihrem Leben hatte sie sich dermaßen verwöhnt, geliebt gefühlt. Dabei gestaltete sich der Alltag nicht einfach für die Bewohner dieses kargen Landstriches. Die Erde geizte mit ihren Gaben. Jeder Halm war eine Kostbarkeit. Alles wurde gebraucht, verwendet, verwertet. Der Dung der Kühe in Fladenform an die irdenen Hauswände geklatscht, damit er dort in der Sonne trocknete und im Winter als Heizmaterial Wärme verbreitete. Die reifen Tomaten wurden zu Tomatensoße verarbeitet, um in den finsteren Monaten Farbe und Geschmack in die eintönigen Bulgurmahlzeiten zu bringen. Die überschüssigen Früchte, die nicht roh verzehrt wurden, landeten im Kochtopf. Um Energie zu sparen, schüttete man das kurz mit Zucker aufgekochte Obst auf flache Behälter und stellte diese in die pralle Sonne. Hier kochte es langsam weiter vor sich hin, verdickte sich und erhielt obendrein eine ansprechende goldene Farbe. Nach der Entfernung einiger waghalsigen Fliegen in der dickflüssig gewordenen Konfitüre wurde diese in den inzwischen leeren Gläsern der vergangenen Jahre verstaut. Man war beschäftigt. Und Caroline griff mit an. Sie scheute keine Arbeit, obwohl man sie davon abhalten wollte. Sie sei doch Gast! Sie habe Urlaub! Sie würde sich schmutzig machen!

Aber nein! Für Caroline verwandelte sich Arbeit in Abwechslung, in Abenteuer, in Entdeckung, in Eroberung. Sie packte mit an, sie sammelte den Dung ein, knetete ihn ohne Handschuhe, ohne jeglichen Schutz, klebte ihn feucht fest an die Hauswand, zierte sich nicht, bückte sich nochmals und wieder einmal. Diese Betätigung empfand sie nicht als anstrengend. Die Feldarbeit mit rudimentären Hilfsmitteln umso mehr. Unter der sengenden Sonne. Unkraut jäten, die

Feldfrucht bewässern, Pestizide einsetzen trotz inneres Sträuben gegen diese chemische Waffe. Abends fiel sie mit einer glücklichen Erschöpfung ins Bett und weder die immerwährende Hitze noch das Schnarchen der anderen Frauen, mit denen sie das Zimmer teilte, waren imstande, ihren wohlverdienten Schlaf zu unterbrechen. Ihre Hände wurden rau, ihre langen Fingernägel brachen ab, ihre Hautfarbe verwandelte sich in ein beneidenswertes Ocker, leider nur im Gesicht, denn den Rest des Körpers umhüllte eine vor den ätzenden Sonnenstrahlen schützende Stoffschicht.

Die zwei Wochen verflogen wie im Fluge. Ahmet kam aus seinem Staunen nicht heraus. Mit gemischten Gefühlen hatte er diese Expedition in verflossene Zeiten unternommen. Auch für ihn lagen nun Welten zwischen ihm und seiner Familie, seiner Kindheit, seiner Herkunft. Die Liebe, das Pflichtgefühl, das eingetrichterte Moralempfinden hießen ihn standhalten, ertragen, über Dünkel, überkommene Rituale, starre Gewohnheiten hinwegsehen. Aber Caroline? Woher schöpfte sie die Kraft, um diese Diskrepanz zu ihrem Alltag zu meistern? Die Ehe war daraufhin beschlossene Sache.

Die ersten Ehejahre als Akademiker in Deutschland verliefen ruhig, friedlich. Dann erhielt Ahmet ein verlockendes Arbeitsangebot in Izmir. Das Gehalt passte, die Aufstiegschancen ebenso. Caroline war begeistert. Izmir bot nur positive Seiten: Klimatisch gesehen nicht zu heiß, in kultureller Hinsicht reich an Angeboten und Veranstaltungen, kurzum eine aufstrebende Stadt mit westlicher Orientierung. Carolines Türkisch konnte sich inzwischen sehen lassen und für die zwei Töchter, die bis dahin in rein deutscher

Umgebung aufgewachsen waren, eröffnete sich die Gelegenheit, die andere Hälfte ihrer Wurzeln, welche sie nur von kurzen Ferienaufenthalten am Strand oder bei der Großfamilie kannten, endlich genauer unter die Lupe zu nehmen.

Anfänglich war Caroline mit Wohnungskauf und Einrichtung beschäftigt, sodass sie kaum die Veränderungen in Ahmets Wesen registrierte. Es kam zu leichten Auseinandersetzungen: *„Bitte rauch doch nicht im Wohnzimmer. Geh doch bitte auf die Terrasse!",* sagte sie zu ihm, nachdem er die zehnte Zigarette angesteckt hatte, während der Aschenbecher auf dem Couchtisch vor Stümmeln überquoll. Da er nicht reagierte, fügte sie hinzu: *„Siehst du nicht, dass die Gardinen grau werden von all dem Qualm!"* Daraufhin sprang er auf und riss einen Store herunter, wobei er sie mit den Worten anschrie: *„Dann wasch sie gefälligst öfters!"* Caroline erstarrte. Ahmet wurde immer bestimmender, nahm ein Machogebaren an, das er bis zu diesem Zeitpunkt offensichtlich unterdrückt hatte. Die türkischen Gewohnheiten übermannten ihn. Er hatte eine Maske getragen, die er nun abwarf. Die Tradition, die er selber als überwunden betrachtet hatte, hatte ihn wieder im Griff. Sie war stärker als sein Wille, als die Bildung, die er in der Ferne genossen hatte. Caroline musste sich fügen. Sie litt still vor sich hin, denn eine Scheidung war aussichtslos: Sie würde als Ausländerin nie die Kinder bekommen. Somit harrte sie aus.

Als die Firma, bei der Ahmet angestellt war, Insolvenz anmelden musste, da war Carolines Stunde gekommen. Sie bewarb sich erfolgreich beim Bauamt und erhielt sofort eine Stelle. Aus finanziellen Erwägungen blieb

Ahmet nichts anderes übrig, als ihr den Schritt in die Arbeitswelt zuzugestehen. Caroline blühte auf. Sie hatte nun ihr Revier. Sechs Monate später bekam auch Ahmet eine Anstellung im gleichen Ministerium, aber in einem anderen Ressort. Er verlangte nicht, dass sie wieder zu Hause bliebe. Die Zeiten waren zu unsicher.

Dann ereignete sich der Putschversuch und Erdogan nahm die angeblichen Gülen-Anhänger unter Generalverdacht. Unsicherheit breitete sich unter den Menschen aus. Wer war Freund, wer Feind? Wer könnte eine unbeabsichtigte Äußerung umdeuten und Anzeige erstatten? Man lernte das Schweigen, das Zurückhalten von Gedanken. Über Politik unterhielt man sich nur mit engsten, sicheren Freunden. Oder lieber gar nicht. Jedes Wort, jede Meinung wurde in die Waagschale geworfen. Ja nicht zu viel offenbaren. *„Im Geschichtsverlauf stellt diese Situation kein Novum dar"*, erklärte Caroline. *„Unter Mao haben Menschen aus purer Überzeugung ihren Vorgesetzten, ihren Kollegen, ihren Freund angezeigt. Nicht anders unter Stalin oder Hitler. Es gibt immer Fanatiker, die sich mitreißen lassen, die eisern dabei sind und davon überzeugt sind, das einzig Richtige zu tun. Verwerflich ist die Handlungsweise nur, wenn sie zum eigenen Vorteil genutzt wird, um beruflich vorwärts zu kommen, um sich Vergünstigungen zu verschaffen. Da gibt es aber auch Grenzfälle. Meine Schwägerin Aysun hat mir Folgendes berichtet: Ihr Gatte Mehmet ist beim Militär. Unter seinen Kollegen befinden sich Gülen-Sympathisanten, das kann er bezeugen und die Jeweiligen beim Namen nennen. Einige unter ihnen bezeichnet er als seine Freunde, obwohl er Gülens Ansichten keineswegs teilt. Würde er Anzeige gegen dessen Mitstreiter* erstatten, würden bestimmt bald auch die anderen und vielleicht sogar er selber verdächtigt werden. Um seine Freunde zu schützen, lässt er davon ab. Keine einfache Lage. Kurz und gut: Was ist höher zu stellen: Freundschaft oder die Ideologie? Wem muss ich meine Treue verpfänden: Meinem Freund, meinen Einstellungen oder gar der Obrigkeit? Oft muss man sich wohl für das kleinere Übel entscheiden, wobei dieses für den Einzelnen verschieden ausschaut. Auf jeden Fall ist der Alltag unangenehm geworden. Adieu die Sicherheit. Adieu die Ruhe. Ich bange um meine Töchter, um ihre Studienplätze. Dass wir noch unsere Posten im Amt bewahrt haben, grenzt an ein Wunder. Aber auch hier herrscht keine Gewissheit. Man lernt, in den Tag hineinzuleben. Den Frieden als Geschenk zu empfinden, dessen man unverzüglich verlustig werden kann. Aber diese äußere Gefahr hat Ahmet und mich gekittet. Wir halten wie Pech und Schwefel zueinander, auch der Mädchen wegen. Um sie besser beschützen zu können. Sie sollen fühlen, dass wir als Einheit hinter ihnen stehen, falls ein Gerücht gegen sie aufkäme. Man weiß ja nie! In der jetzigen Situation erfährt man, wer echt ist und wer verrucht. Wer wertvoll, wer verabscheuungswürdig. Man schaut in den Abgrund menschlicher Seelen. Man lernt viel dazu. Aber man hat Angst! Wem soll man trauen? Wer steht noch zu einem? Wer schmeichelt sich ein? Einen Heldentod oder sagen wir mal: Einen Heldengefängnisaufenthalt streben wir nicht an! Jeder Bürger sehnt sich ja doch nur nach Ruhe! Dagegen erleben wir derzeit das genaue Gegenteil, nämlich Hetze! Leider machen so viele mit! Unsere Werte werden durcheinander gebracht. Wir sollen nur noch einem vertrauen, ihm, Erdogan! Er, im Besitz der alleinigen Wahrheit! Das geht doch nicht! Aber was soll's. Ich möchte dich nicht mit

109

unserer Realität belästigen. Sie ist dir ja so fern in deinem heutigen gemütlichen Deutschland."

Stephanie war erschüttert. Pressemeldungen hin oder her, von einem nahestehenden Menschen die seelische Offenbarung hautnah berichtet zu bekommen, das hatte eine andere Wirkung. Dabei gestand Caroline bestimmt nur Oberflächliches, hütete sich, in die Tiefe zu gehen. Vielleicht hatte man Drohungen gegen sie oder ihren Mann ausgesprochen, die sie nicht auf die leichte Schulter nehmen durfte. Somit verwunderte einige Wochen später ein weiterer Anruf aus der Türkei Stephanie nicht im Geringsten. Schluchzend teilte ihr Caroline mit, Ahmet sei verhaftet worden. Er habe jahrelang verdeckt Genehmigungen zum Bau von Schulen der Gülen-Organisation erteilt. Caroline war sich nicht sicher, ob er wissentlich gehandelt habe oder ob man ihn hinter das Licht geführt hatte. Selbstverständlich habe sie sofort einen Rechtsanwalt eingeschaltet. Ob der etwas nütze? Ungewiss. Sie sei es ihrem Gewissen schuldig, obwohl ihr bewusst sei, dass in der Türkei Willkür herrsche, die Rechtsanwälte machtlos seien, das Recht als solches nicht respektiert würde. Nun könne sie endlich die Scheidung einreichen. Sie würde sie problemlos zu ihren Gunsten ausgesprochen bekommen. Aber sollte sie die Situation ihres Mannes ausnutzen? Unabhängig von der wahren Schuldfrage, wenn sie es überhaupt als verwerflich ansehen sollte, dass er der Gülen-Klientel eine zu ihren Zwecken förderliche Dokumentation verschafft hatte! Sie konnte ihn unter diesen, nur aufgrund der Politik entstandenen Gegebenheiten nicht im Stich lassen. Jetzt musste sie ihm erst recht beistehen und auch den Kindern ein Vorbild sein. Sie fühlte sich deswegen nicht als Märtyrerin, keineswegs. Es sei kein Opfer, es sei

Pflicht. Sie könne und wolle sich dieser Stunde, die die geschichtliche Entwicklung ihr biete, nicht schmarotzerhaft und als Mitläuferin bedienen.

Stephanie erstaunt, beeindruckt von der Standhaftigkeit ihrer ehemaligen Klassenkameradin. Die einen fallen in solch einer Situation um wie Dominosteine, die anderen wachsen empor zu kräftigen Riesen. Wie viele Fälle hatte es wohl in der Geschichte gegeben, in denen jemand seine Freiheit, Geld, Annehmlichkeiten jeglicher Art abgewiesen hatte aus Gründen der Loyalität zu einer Person oder zu einer Idee? Nicht jeder stieg auf zum Helden, nicht jeder ist in gelehrten Büchern erwähnt. *„Wenn ich dir irgendwie helfen kann, wenn ich irgendetwas leisten kann, bitte lass es mich wissen",* war das einzige, das Stephanie erwidern konnte.

Das Ligaspiel

Nach Deborahs Versöhnung mit Demian verbrachte sie ihre Freizeit hauptsächlich mit Tennisspielen, sodass sie den Aufstieg in die erste Liga ihrer Altersklasse schaffte. Sie war mit Inbrunst bei der Sache und fühlte sich inmitten ihrer Gruppe äußerst wohl. Bald entstanden aber Rivalitäten zwischen den Damen. Brigitte beschuldigte Renate zu schummeln: Sie melde Bälle als außen, wenn sie es überhaupt nicht seien! Sie versuche, stets als Gewinnerin dazustehen. Sie steigerten sich dermaßen in gegenseitige Beschuldigungen hinein, dass sie beim Training nicht mehr gemeinsam oder gegeneinander auftraten. Sie mieden sich in allem. Um eine Apfelsaftschorle zu trinken, setzten sie sich nie an denselben Tisch, auch wenn ihre Tennispartnerinnen dort saßen. Es war ein bekanntes und akzeptiertes

Zerwürfnis, an dem man keinen Anstoß mehr nahm, als handele es sich um ein Naturgesetz. Jede der beiden hatte ihre Anhängerinnen, ihre Treuen, die sie in ihren Bezichtigungen oder in ihren Kränkungen unterstützten.

An einem Wochenende im Herbst wurde ein Tennistraining in einem nahe gelegenen Kurort vereinbart. Die meisten Teilnehmerinnen fieberten ihm entgegen, denn sie übernachteten in einem angesehenen Wellnesshotel mit allen Annehmlichkeiten der modernen Zeit. Man gruppierte sich in Fahrgemeinschaften zusammen. Deborah erhielt von Brigitte das Angebot, mit ihr mitzufahren. Sie nahm an. Dann sprach Renate Deborah mit dem gleichen Angebot an. Daraufhin erklärte ihr Deborah ein wenig zaghaft, dass Brigitte sie mitnehme. *„Dann steige ich einfach bei euch zu!"*, erwiderte Renate. Auf diese Antwort war Deborah nicht im Geringsten vorbereitet. Nie im Leben hätte sie angenommen, die beiden Feindinnen würden auf engen Raum zusammen sitzen wollen. Als sie Brigitte darüber informierte, dass auch Renate zusteigen wolle, antwortete diese mit Entrüstung, ja wutentbrannt: *„Das kommt überhaupt nicht in Frage! Sie spricht nicht mit mir, sie grüßt mich nicht einmal und nun soll ich sie mitnehmen? Nein, nein und nochmals nein! Aber bitte: Du kannst gerne mit ihr fahren! Das kränkt mich nicht!"* Die Haltung, die Deborah von Anfang an von Renate erwartet hatte, dass sie sich auf keinen Fall zu ihrer Erzfeindin setzen würde, diese Haltung traf sie nun bei Brigitte an. Darauf war sie durch das veränderte Benehmen Renates nicht vorbereitet. Sie war davon ausgegangen, dass sich das Klima zwischen beiden im Laufe der Zeit, von ihr selber unbemerkt, gemäßigt hatte. Offensichtlich nicht. Deborah blieb bei ihrer Zusage, mit

Brigitte mitzufahren, stand nun aber vor der Aufgabe, Renate die Absage der Fahrerin mitzuteilen. Was sollte sie nun sagen? Die Wahrheit? Oder eine Lüge erfinden? Aber welche? Dass Brigitte keinen Platz mehr in ihrem Auto hatte? Das wäre spätestens bei der Ankunft im Hotel einfach verifizierbar gewesen, denn es fuhren vier in jeweils zwei Autos und im dritten nur Deborah mit Brigitte. Deborah befand sich in der misslichen Situation, Übermittlerin einer Hiobsbotschaft zu sein. Wurden in alten Zeiten die Melder von schlechten Nachrichten, von dem Verlust einer Schlacht, vom Tod eines Herrschers, nicht unverzüglich mit dem Tode bestraft, als wären sie nicht einfache Überbringer, sondern Täter, Beteiligte? Würde es nicht für Deborah ähnlich bedeuten, dass Renate ihre Freundschaft mit ihr durch die Verkündigung der Absage für beendet erklären, sie auf dem Opfertisch schlachten würde, als hätte Deborah selber das Urteil gefällt, Renate nicht im Auto dabei haben zu wollen? Es schauderte Deborah. Aber was blieb ihr in ihrer Naivität anderes übrig, als Renate reinen Wein einzuschenken? Renate tobte! Und heulte! Vor Wut! Und wen beschuldigte sie? Deborah! Sie hätte auf die Fahrt mit Brigitte verzichten können und stattdessen bei Renate zusteigen sollen. Deborah verstand ihre Logik nicht, versuchte auch nicht, sie zu enträtseln. Klar war ihr, dass sie in ein Wespennest gestochen hatte. Vollkommen unschuldig, vollkommen unbedarft. Es gab für sie kein Entkommen. Es war nun einmal geschehen. Sie hatte nie Partei für die eine oder die andere ergriffen, sie hatte stets versucht, mit beiden gut auszukommen. Und jetzt stand sie mitten in einer Auseinandersetzung, die sie eigentlich überhaupt nichts anging, sie nicht betraf. Für Renate zur Unperson degradiert. Ihr blieb nichts anderes übrig, als damit zu leben.

PROBLEMLÖSUNGEN
Ratschläge oder Überheblichkeit?

Stephanie immer noch ohne Arbeit. Die Suche gestaltete sich schwierig, denn sie hatte ihre Selbstsicherheit verloren. Seit dem Vorfall in ihrer Wohnung mit Sophie. Den wichtigen Vorstellungstermin hatte sie abgesagt und keinen weiteren erhalten bzw. angenommen. Seit einigen Monaten weilte sie zu Hause, sperrte sich in das Gästezimmer ein, um akribisch im Internet nach einem angemessenen Posten zu suchen. Aufgrund ihrer langjährigen Berufserfahrung und der damit verbundenen Reife gebärdete sie sich wählerisch. Anspruchsvoll, obwohl sie es mit 50 nicht sein durfte, obendrein nicht die Bereitschaft zeigte einzusehen, dass sie eigentlich nicht mehr dazu gehörte. Aber Stephanie wollte der Realität nicht in die Augen schauen. Sie vereinsamte in ihrer Klause und fragte sich manchmal, ob ein psychologischer Beistand nicht angebracht wäre. Sie verzweifelte allmählich, obwohl Kathrin ihr unablässig Mut einflößte, ihr zum Durchhalten riet.

Da meldete sich Elisabeth aus heiterem Himmel. Unterbrach ihr achtmonatiges Schweigen. Stephanies erfolglose Suche beunruhigte sie. Sie bot Hilfe an, gab ihr unaufgefordert Tipps: *„Hast du es schon bei der Kanzlei XX versucht? Hast du schon überlegt, in eine andere Stadt zu ziehen, wenn sich dort eine Möglichkeit ergebe? Heutzutage muss man sich dem Markt anpassen. Hohe Erwartungen darf man nicht haben. Obwohl du natürlich eine Spitzenkraft bist. Ich verstehe sowieso nicht, warum man dich entlassen hat und nicht beispielsweise Herrn Kramer, der taugt doch gar* *nichts! Wer weiß, was den Herrschaften da oben durch den Kopf gegangen ist! Von aller Logik weit entfernt! Hast du schon in die Fachzeitschriften geschaut? Da stehen manchmal durchaus brauchbare Annoncen! Wenn du das Internet ausgeschöpft hast, dann bleibt nur noch der Headhunter. Na ja, wahrscheinlich bist du für den zu alt."* Und so plauderte Elisabeth im Selbstgespräch, wie so oft, vor sich hin. Erwartete keine Antwort, keine Stellungnahme von der nervösen Stephanie. Ungefragt ergoss sie ihren Redeschwall über die Verängstigte. Erteilte Ratschläge, Hinweise, die der gestressten Stephanie längst bekannt waren. Triviale Aussagen, die die Arbeitslose nicht weiterführen würden, die ihr auch keinen Trost boten, im Gegenteil, die ihr die Ausweglosigkeit ihrer Situation klar und deutlich vor Augen führten. Nur ein Wunder oder ein ausgesprochener Glücksfall würde sie retten. Immerhin zu dem Schluss verhalf ihr Elisabeths ungebetene Einmischung. Meinte Elisabeth es gut mit ihrer Freundin? Oder wollte sie sich profilieren? Worum ging es ihr: Um Hilfeleistung oder um die Hervorhebung ihres eigenen tollen Ichs?

Nach dem Telefonat war Stephanie vollkommen aufgewühlt und aufgelöst. Sie heulte eine halbe Stunde alleine in ihrem Kämmerlein. Herrmann wollte sie nicht auch noch mit ihrer Unruhe anstecken. Er bekam ja mit, wie es um sie stand. Empfand sich selber umso hilfloser, umso ärmer, denn unfähig irgendeinen Beistand zu leisten. Beim nächsten Anruf von Elisabeth nahm Stephanie den Hörer nicht ab. Sie sah die Nummer auf dem Display, hörte die Nachricht auf dem Anrufbeantworter ab oder auch nicht, rief aber nie zurück. Elisabeths Wesen ließ es aber nicht zu, einfach ignoriert zu werden. Eines Tages stand sie vor der

Wohnungstür. Stephanie bat sie herein. Sie entschuldigte sich für ihr Schweigen. Sie sei nicht in der Verfassung gewesen zurückzurufen. Sie tranken zusammen einen Tee. Elisabeth redete wieder wie ein Wasserfall. Erzählte aus der Kanzlei, von Sophie und der süßen Enkelin, Sabrina, die sich prächtig entfaltete. Versuchte Stephanie abzulenken. Das gelang ihr für die halbe Stunde, die sie zu Besuch zugegen war. Danach versank Stephanie in eine noch tiefere Depression. Elisabeth schien alles zu besitzen, sie dagegen nur die Scherben des Lebens.

Da fiel Stephanie ihre alte Schulfreundin Marion ein. Nachdem sie nun Caroline wiedergefunden hatte, die vollkommen andersartige Lebensform und Situation der ehemaligen Schulkameradin ihr die unergründlichen Wandlungen des Schicksals vor Augen geführt hatten, so dachte sie, dass vielleicht der Werdegang der Dritten im ehemaligen Bunde ihr zum Trost gereichen könnte. Nicht dass sie weitere Hiobsbotschaften zu Gehör bekommen wollte, nein, Fröhliches, Positives, Errungenschaften würden sie erfreuen, sie aufbauen. Im Internet, wie konnte es anders möglich sein!, fand sie die Adresse der nach ihrer Krebserkrankung Verschollenen.

Die Überraschung war groß, die Freude ebenso. Marion war von ihrer Krankheit geheilt, lebte aber zurückgezogen; es klang durch, dass sie von den Menschen enttäuscht war. Ihr Beruf als Programmiererin ermöglichte es ihr von zu Hause aus, in der Abgeschiedenheit, zu arbeiten. Sie sei erfolgreich, die Arbeitslast groß, dennoch nicht stressig durch den Spaß, den die Tätigkeit ihr bereite. Ihren Alltag teile sie mit den besten Freunden, die man sich wünschen könne: Tiere. Und zwar welche, die sie auf der

Straße auflas, hinkende, verletzte, streunende Hunde und Katzen, die sie aufpäppelte, wusch, kämmte, die zu ihren Babys und gleichermaßen ihr zu ewiger Dankbarkeit verpflichteten Begleitern wurden. Ob sie sich alleine fühle? Keineswegs. Wie kam Stephanie nur auf so einen Gedanken? Und schon rief Marion aufgeregt in ihr Zimmer hinein: *„Papagena, runter vom Tisch! Du weißt doch, dass das verboten ist!"* *„Papagena?"*, fragte Stephanie erstaunt. *„Ja, so habe ich meine schwarz weiße Katze getauft, denn, als ich sie fand, sah sie alt und strubbelig aus. Nach ein paar Tagen war sie wie ausgetauscht: Sie wurde hübsch und ansehnlich. Das erinnerte mich unwillkürlich an Mozarts Zauberflöte, in der die alte bucklige Frau sich in das adrette Mädchen verwandelt."* *„Ach so!"*, antwortete Stephanie verwundert. Aber schon erteilte Marion eine neue Ermahnung: *„Brutus! Habe ich dir nicht zigmal gesagt, du solltest nicht aus Cäsars Näpfchen fressen? Geh nun!"* Und zu Stephanie gerichtet erklärte sie: *„Mein Hund Brutus ist heimtückisch. Dem kann man nicht vertrauen. Eben wie die historische Figur. Tiere besitzen halt die gleichen Eigenschaften wie wir Menschen."* Dem konnte Stephanie nichts hinzufügen; so viel Erfahrung wie ihre Freundin besaß sie auf diesem Gebiet nicht. Als Stephanie endlich wieder zu Worte kam und ihre missliche Arbeitslage gestand, zeigte sich Marion mitfühlend. Obendrein habe sie gehört, ihr Arbeitgeber sei auf der Suche nach einem kompetenten Anwalt. Stephanie äußerte Zweifel, aufgrund ihrer Fachrichtung nicht die geeignete zu sein. Mit Sicherheit fehlten ihr die erforderlichen Kenntnisse für ein Internetunternehmen. Aber einen Versuch sei es wert. Und so verabschiedeten sie sich voneinander.

Ein paar Tage später, als Stephanie in einem alten Schulheft blätterte, stieß sie auf ein Gedicht, das sie zu Marions Geburtstag verfasst hatte. Ein kindliches Nonsense. Sie musste lachen über die erzwungenen Reime. Da fiel ihr Augenmerk auf das Datum: 7. Mai. Ein Blick auf ihre Uhr bestätigte ihr, dass sie den selbigen Tag erlebte, also Marions Geburtstag. Da es zum Telefonieren zu spät war, schickte sie der Freundin kurzerhand eine Mail: *„Herzlichen Glückwunsch zu deinem Geburtstag! Stell dir vor, durch ein altes Poesiealbum von mir bin ich auf deinen Ehrentag gestoßen! Ich wünsche dir schöne Stunden in Begleitung deiner Lieben, deiner Tiere."*

Es dauerte nicht lange und Stephanie erhielt eine Antwortmail: *„Ich danke dir! Seit Anfang des Tages habe ich bereits an die 20 Glückwünsche erhalten. Über Facebook, wo du offensichtlich nicht Mitglied bist, haben mich allerhand Freunde kontaktiert!"* Daran hatte Stephanie nicht gedacht! Dass Marion keine Freundschaften aus Fleisch und Blut unterhielt, aber stattdessen die viel einfacher zu bedienenden im Netz, die, die man nicht in echt vor sich sieht, mit denen man keine wahren Konflikte ausstehen muss, die in der Ferne Gespenstern gleich existieren oder auch nicht, für die man mitfühlt oder nicht, für solche Bindungen – wenn man sie überhaupt so nennen durfte – hatte Marion sich aus Einfachheitsgründen oder gar aus Feigheit entschieden. Stephanie konnte kein Verständnis für solch ein Handeln aufbringen, aber sie verurteilte es nicht.

Zwei Wochen später übermittelte Marion Stephanie die gute Nachricht, dass ihr Arbeitgeber sie zu einem Vorstellungsgespräch einlud. Dieses verlief günstig und sie wurde eingestellt. Dass der Weg zur Arbeitsstätte für die einfache Fahrt 50 km betrug, dass sich ihr Arbeitstag dadurch um zwei ganze Stunden verlängerte, eine Tatsache, die sie Jahre zuvor nicht in Kauf genommen hätte, das ertrug sie nun mit stoischer Geduld. Sie hatte ihr Ziel erreicht: Eine Arbeit und damit das Verlassen des Hauses, im Endeffekt Freiheit.

„*Bravo!*", rief ihr Kathrin durchs Telefon zu. Sie war hellauf begeistert und freute sich mit, als feiere sie ihren eigenen Triumph! Auf Kathrin war wie immer Verlass! Unterstützung mit Garantieschein! Trotz der physischen Ferne blieb sie der Jugendfreundin treu, gab gut gemeinte Ratschläge, verhielt sich bei aufgeregter Stimmung ruhig, besänftigte durch ihre Empathie, ihr Einfühlungsvermögen in Stephanies jeweiligen Seelenzustand. „*Ein Glück, dass es dich gibt!*", sagte sich Stephanie. „*Du erteilst mir immer Trost. Obwohl ich gestehen muss, dass ich bestimmte Geheimnisse für mich bewahrt habe. Es gibt Dinge, die man niemanden anvertrauen sollte; das empfahl der bekannte A. Freiherr von Knigge bereits vor über zwei Jahrhunderten! Oder in Immanuel Kants Worten in „Freundschaft als Maximum der Wechselliebe": „...denn die Menschen haben Schwachheiten, und die muß man auch gegen seine Freunde verhehlen." Auch Friedrich Nietzsche vertritt in „Freundschaft als Vorgefühl des Übermenschen" eine ähnliche Meinung: „...und Schweigen müssen sie gelernt haben, um dir Freund zu bleiben; denn fast immer beruhen solche menschlichen Beziehungen darauf, dass irgendein paar Dinge nie gesagt werden, ja, dass an sie nie gerührt wird..." Tja, Vorsicht ist die Mutter der Weisheit!*", schloss Stephanie ihren Gedankengang.

Die Mail

Demians Tochter Gudrun trat das Studium der Kommunikationswissenschaften an, wo sie Silvia, Johannes' Tochter, traf. Die beiden freundeten sich an. Abgesehen von gemeinsamen Vorlesungsbesuchen verbrachten sie auch die Freizeit sehr oft zusammen. Manchmal genehmigten sie sich ein Gläschen zu viel und kehrten angeheitert nach Hause zurück. Ihr Verhalten war im Vergleich zu einigen Kommilitoninnen, die häufig übermäßig tranken und immer wieder im Rausch endeten, keineswegs anstößig. Eine bestimmte Grenze übertraten sie nicht, passten dabei aufeinander auf. Somit konnten die Eltern auch nichts an ihrem verspäteten Heimkommen aussetzen, da die Studienergebnisse nicht in Mitleidenschaft gezogen wurden.

Dann tauchte Karl-Heinz auf. Er zog Gudrun in den Bann. Sie war wie verzaubert in seiner Gegenwart. Er beeindruckte nicht nur durch sein Aussehen, hochgewachsen, blaue Augen, blondes, volles Haar. Wohlerzogen, höflich, zuvorkommend war er noch dazu, und zwar allen gegenüber. Sie wurden ein Paar. Bewundert und beneidet von vielen Mitstudenten. Karl-Heinz besaß dennoch einen Nachteil: Das Studium interessierte ihn nicht, langweilte ihn. Er suchte einen Ausgleich in anderen Aktivitäten. Er brachte sich auf sportliche Höchstleistungen, aber auch diese befriedigten ihn nicht. Sein Eifer und seine Begeisterung für sein Fach ließen weiter nach. Dabei stand der Bachelor bevor. Eine Hürde, die zu nehmen war. Um sich zu motivieren, griff er zu einem Hilfsmittel, einer leichten Droge, nur vorübergehend, so dachte er zumindest, als Stimulanz. Sie beflügelte ihn zeitweise, um ihn danach noch leerer zurückzulassen. Im Hochgefühl gelang es ihm, Gudrun in seine Sphären mitzunehmen, mithilfe von Marihuana, die sie immer häufiger gemeinsam rauchten. In der ersten Zeit genierte sich Gudrun, über ihr Laster zu sprechen, dann aber offenbarte sie es sachte ihrer Freundin Silvia. Nach anfänglichem Entsetzen willigte diese ein mitzumachen; dann wurde aus Proben Gewohnheit. Sowohl Silvia wie Karl-Heinz schafften den Bachelor mit knappem Ergebnis, während Gudrun durchfiel und ein Semester wiederholen musste.

Demian war erstaunt über das Missgeschick seiner Tochter. Er beobachtete sie schon lange: Immer weniger Zeit verbrachte sie in der Familie, die Gespräche am Tisch kürzte sie drastisch unter den ausgefallensten Gründen ab, verschwand in ihr Zimmer oder verbrachte ewige Stunden beim Studium in der Fakultätsbibliothek. Zumindest war dies ihre Erklärung für ihr Fernbleiben. Aber hatte Demian nicht schon damals bei Deborahs Affäre den Braten gerochen? Ihm entging nichts. Sicherheit, dass etwas mit Gudrun nicht stimmte, erhielt er durch ihr Versagen im Examen. Er zog Deborah in seine Überlegungen ein. Als Detektivin entpuppte sie sich als untauglich. Es war ihr rein gar nichts aufgefallen. Seit ihrem Fehltritt versuchte sie jedem alles recht zu machen. Immer noch voller Gewissensbisse verkroch sie sich hinter Herd und Heim, wenn sie nicht mit ihren Tennispartnerinnen für Wettkämpfe trainierte. Demian war auf sich selbst gestellt. Er erahnte die Ursache für Gudruns verändertes Verhalten, hatte aber keinerlei Beweise. Den berühmten Geruch nach dem Stoff erspürte er nie an ihr. Sie achtete peinlichst auf ihre Kleidung, parfümierte sich maßlos. Einen Vorwurf, dass sie durch die Prüfung gefallen war, konnte er ihr auch nicht machen, denn nur 54 % hatten bestanden. Sie lag also praktisch im Durchschnitt. Und wenn er an sein eigenes Studium zurückdachte, so konnte er damit nicht gerade prahlen.

Da er nicht vorankam, heckte er einen Plan aus, ja genauso wie ein Krimineller: Er würde versuchen, bei der ersten Gelegenheit, die sich bieten sollte, Gudruns Handy oder ihren Computer einzusehen. Da er ihr selber beide eingerichtet hatte, kannte er noch die Passwörter. Und in ihrer angeborenen Bequemlichkeit hatte sie sie bestimmt nicht geändert. Sein Vorhaben erwies sich nicht als schwierig, denn Gudrun wurde immer nachlässiger; ihr Zimmer degenerierte zu einem unübersichtlichen Durcheinander. Als sie eines Abends mit Silvia und anderen auf eine Party ging, war die Gelegenheit perfekt. Demian griff nach dem Computer, der ungeschützt auf dem Schreibtisch stand, schaltete ihn ein und schaute sich sofort die Mails an. Er wusste zwar, dass die jungen Leute meist über SMS kommunizierten, aber manchmal griffen sie eben doch zur fast altmodisch gewordenen E-Mail. Aha, da fand er einige an KH, bestimmt Karl-Heinz, dann weitere an Silvia. Die meisten handelten von oberflächlichen Kommentaren über Vorlesungen und Aussagen von Kommilitonen. Aber dann endlich die Offenbarung: „*Liebste S., wie konnte mir das nur passieren? Was werden meine Eltern nun sagen? Ich wusste doch alles und dann war im Augenblick des Examens alles wie wegradiert! Es ist klar, warum. Ich habe mich entschlossen, keine M. mehr zu nehmen. Du solltest auch die Hände, na ja, den Mund, davon lassen! Dir bekommt sie auch nicht. Du hättest viel besser abschneiden können! Der KH hat uns alle beide verdorben. Wie soll ich von dem einen und zugleich von dem anderen wegkommen? Ich brauche Hilfe. Nur sag mir, von wem ich die erhalten soll, ohne dass*

123

bei mir zu Hause die Bombe hochgeht? Alles Liebe! Deine G. "

Vor Demian lag ein offenes Geständnis. Was sollte er nun tun? Seine Tochter direkt ansprechen? Sie wissen lassen, wie er sie hintergangen, ihr nachspioniert hatte? Auf jeden Fall wollte er die Sache in Ruhe mit Johannes besprechen. Durch die Freundschaft der Mädchen waren sie sich näher gekommen, hin und wieder ins Theater gegangen, dann essen gewesen, an lauen Sommerabenden hatten sie alle gemeinsam im Garten gegrillt. Also Johannes anrufen. Keine Antwort. Demian hinterließ eine kurze Nachricht, Johannes möge doch bei Gelegenheit zurückrufen. Er wollte keine Panik erzeugen und erwähnte keinen Grund für seinen Anruf. Als der Rückruf auf sich warten ließ, rief er nochmals an. Dann riss ihn die Geduld und er setzte eine Mail auf. Darin berichtete er von seiner Gewissheit, dass die Mädchen nicht süchtig, aber doch dem Marihuana zugeneigt seien. Er wolle mit Johannes eine Vorgehensweise finden, um die Töchter auf den rechten Weg zurückzuführen. Er verriet nicht, wie er zu dieser Erkenntnis gelangt war, aber er bekundete offen seine Besorgnis. Nun galt es auf die Antwort des Freundes zu warten.

Und wie nahm Johannes die Nachricht auf? Er reagierte wie damals, als seine Frau Christine ihm mitteilte, sie wolle sich von ihm scheiden lassen: Ungläubig! Er hatte wieder einmal das friedliche Leben um sich herum missinterpretiert, die Ruhe, die er selber benötigte, für wahre Münze gehalten. Silvia, die er ebenso streng erzogen wie er Christine behandelt hatte, nicht auch sie konnte ihn womöglich blamiert haben! Es passte nicht in sein Idealbild seiner Familie. Er musste als erstes diese Beschuldigung mit seiner Tochter kläten. Er rief sie zu sich. Er ließ sie die Mail laut vorlesen. Ihre Reaktion? Wutentbrannt! Über die Verräterin! Über Gudrun! Denn nur sie hatte ihr Geheimnis verbreiten können! Wie konnte sie bloß! Diese Freundschaft war vorbei! Mit Gudrun wollte sie absolut gar keinen Kontakt mehr haben.

Als Gudrun sich nichts wissend, nichts ahnend, an die Freundin wendete, stieß sie gegen eine Wand. Silvia reagierte nicht, ließ die Freundin abprallen. Gudrun verstand nicht, ihr Weltbild bröckelte. Sie konnte nicht nachvollziehen, welche Schuld sie auf sich geladen hatte, aber es wurde ihr klar, dass sie ihr Leben ändern musste. Alles war schief gelaufen, das Studium, ihre Freundschaft. Das verhalf ihr zum Entschluss, sich von Karl-Heinz und somit auch vom Marihuana zu trennen. Sie verkehrte nicht mehr mit der Freundesklicke, sie wandte sich an andere, restrukturierte ihr Leben.

Demian erfuhr von Johannes, dass er mir nichts, dir nichts Silvia seine Mail gezeigt hatte. Er erlitt einen heftigen Schock, tadelte Johannes zwar nicht, fand aber sein Verhalten unverzeihlich. Sein Freund hatte ihm gegenüber einen Vertrauensbruch begangen. Der Brief war von einem Vater an einen anderen Vater gerichtet gewesen. Wenn überhaupt hätte er Demian um die Genehmigung bitten müssen, ihn der Tochter zu zeigen. Demian bemerkte ebenfalls Silvias Reaktion, den Bruch zwischen den Freundinnen. Er sah die Traurigkeit, die Verzweiflung in Gudruns Augen, konnte ihr aber unmöglich den wirklichen Verursacher ihres Verlustes, nämlich er selber, anzeigen. Diese Distanzierung zwischen den Mädchen betrachtete er als das Opfer, das für die Wiedergewinnung, die Normalisierung seiner Tochter erbracht werden musste. Seine Schuld war extrem geringer als die ihrige. Er konnte gut mit der seinigen leben, da sie Gudruns Rettung vollbracht hatte. Und er würde sein Geheimnis hüten, solange er nicht Rechenschaft ablegen musste. Sein Verhältnis zu Johannes litt in dem Sinne, dass er sich vornahm, Vorsicht walten zu lassen. Er folgerte aus dessen Verhalten, dass er ihm nie vertrauliche Angelegenheiten mitteilen könnte, aber ansonsten erachtete er ihn als einen angenehmen Kameraden.

Demian machte sich Gedanken über wahre Freundschaft und fragte sich, ob eine solche zwischen Normalsterblichen möglich sei, wie oft sie das Gefühl erzeugen könnte, das Schiller in einem Brief an Goethe vor dessen Abreise Ende Juni 1797 beschrieben hatte: *„Ich kann nie von Ihnen gehen, ohne daß etwas in mir gepflanzt worden wäre, und es freut mich, wenn ich für das Viele, was Sie mir geben, Sie und Ihren inneren Reichtum in Bewegung setzen kann. Ein solches auf gegenseitige Perfektibilität gebautes Verhältnis muß immer frisch und lebendig bleiben... Ich darf hoffen, daß wir uns nach und nach in allem verstehen werden, wovon sich Rechenschaft geben läßt, und in demjenigen, was seiner Natur nach nicht begriffen werden kann, werden wir uns durch die Empfindung nahe bleiben.“*

Friede, Freude, Eierkuchen

Herrmanns Kollege, Sebastian, reichte frühzeitig seinen Rentenantrag ein. Der Schulbetrieb wurde ihm nervlich zu aufreibend, die Jugend entweder zu fordernd oder mächtig desinteressiert. Wie sollte man Mittel und Wege finden, sie mitzureißen, ihr Interesse zu wecken, wenn die Internetwelt mit Raffinesse und schier unbegrenzten Geldressourcen dem Lehrer in seinen reduzierten

Möglichkeiten weit überlegen war? Auch der fantasievollste Magister blieb bei diesem Wettkampf auf der Strecke. Einem saturierten jungen Gehirn noch etwas Neuartiges, Begeisterndes zu bieten, gestaltete sich von Tag zu Tag schwieriger. Sebastian gelang zu dem weisen Entschluss, seinen letzten Hauch von Würde zu bewahren und erhobenen Hauptes durch den Haupteingang das Lyzeum zu verlassen.

Dieser Schritt kam Herrmann zugute. Nach einer Gewöhnungsphase an die üppige Freizeit, entschied sich Sebastian für ein Zweitstudium an der Universität. Keine Seniorenbeschäftigung, nein, reguläre Einschreibung mit Klausuren, Seminararbeiten strebte er an. Als Fach, jenes, das ewig liegen geblieben war, jenes, das so gut zur Muße und Weisheit des Alters passte: die Philosophie. Und er überredete Herrmann, den Streithasen, mit dem er unendliche Stunden haarsträubende Debatten während ihres Lehrerdaseins geführt hatte, dazu, seine Einsiedlerhöhle zu verlassen und sein einrostendes Hirn zu trainieren. Die Hörsäle seien inzwischen bequem mit dem Rollstuhl zu erreichen, ansonsten würde Sebastian den kleinen Rest an Hilfe schon bewerkstelligen. Als Stephanie davon hörte, reagierte sie enthusiastisch. Das würde Herrmann bestimmt gut tun! Endlich auf andere Gedanken kommen! Nicht mehr nur ewig über sich selber grübeln! Herrmann, der Zauderer, willigte schließlich ein, einen Versuch zu starten. Ein Semester vielleicht und dann weiter sehen.

Und was war? Herrmann blühte schier auf. Er war kaum noch zu bremsen. Kein Anrufer durfte ihn stören, wenn er in seinen Büchern wälzte, noch weniger in persona vorbeischauen. Zeit wurde zu seinem neuen Heiligtum! Als litte er ständig Angst, Krankheit oder sogar Tod würden sich seiner bemächtigen, bevor er eine Seminararbeit zu Ende gebracht hatte. Die Endlichkeit des menschlichen Lebens war ihm klar bewusst geworden. Ein ständiges Anlaufen gegen die Vergänglichkeit. Und Sebastian, der Erfinder dieses Unterhaltungsmodus, nahm eher eine Nebenrolle ein, begleitete ihn, unterstützte ihn. Sie wurden zu einem kompakten Gespann. Es war Stephanie eine Freude, beide am Arbeitstisch über die Werke oder die Computer gebeugt zu beobachten.

Stephanie profitierte auch noch von der handwerklichen Geschicklichkeit Sebastians. Ganz schüchtern fragte sie eines Tages nach, ob er vielleicht Werkzeug besäße, um das Sieb des Wasserhahnes aufzuschrauben. Man müsse es wegen Verkalkung austauschen. Am nächsten Tag war es ausgewechselt. Andere Kleinigkeiten kamen im Laufe der Zeit hinzu: Mal wurde ein nicht mehr zu gebrauchender Duschkopf ersetzt, mal ein Glühbirnchen in der komplizierten Küchenlampe, mal ein Loch in die Wand gebohrt für ein neues Bild. Um alles durfte Stephanie bitten, Sebastian war stets willig und einsatzbereit. Diese Hilfeleistungen waren ihm eine Selbstverständlichkeit, für Stephanie ein Segen.

Da Stephanie ihren Mann so intensiv beschäftigt sah, gestattete sie sich auch einen Traum. Sie hatte schon immer der Gesellschaft etwas von dem, was ihr durch Zufall zuteil geworden war, zurückgeben wollen. Eine kleine Anzeige im Supermarkt weckte ihr Interesse. Ein offensichtlich ausländischer Vater suchte nach einem Deutschnachhilfelehrer für seine beiden Grundschulkinder. Die nächste Generation weiterbringen, ihr ein Fundament geben, das die Eltern ihr aufgrund ihrer anders gestalteten kulturellen Herkunft nicht bieten konnten, ein Ersatz sein für die in diesem Fall fehlende häusliche Unterstützung, diese Aufgabe schwebte ihr schon seit langem vor. Und somit erfreuten Dimitri und Sacha sie zweimal wöchentlich mit ihrer Anwesenheit. Schnell entwickelte sich Stephanie zum Coach der russischen Familie, obwohl sie nicht wirklich mit Sicherheit sagen konnte, wer der Geber und wer der Nehmer in diesem Terzett war. Sie profitierte durch die Lebendigkeit und Aufnahmebereitschaft der Kinder ebenso wie diese durch den erlernten Lehrstoff. Sie hielten sich die Waage.

Eines Tages ein Anruf. Sophie am Apparat. Stephanie verwirrt. Was sollte das bedeuten? Seit dem Zerwürfnis vor inzwischen drei Jahren hatten sie keinen direkten Kontakt mehr gehabt, obwohl Elisabeth hin und wieder in Erscheinung trat. Sophie entschuldigte sich für ihr langes Schweigen. Auch für ihr Fehlverhalten mit der unerlaubten Übernachtung Roberts in ihrem Zimmer, ja, sie sagte wortwörtlich „unerlaubt"! Stephanie beruhigend: *„Es ist schon so lange her. Vergessen und begraben. Mach dir nichts draus. Ich habe mich ja auch danebenbenommen. Also sind wir quitt!"* Und nun gelangte Sophie zum eigentlichen Grund ihres Telefonats. Ob Stephanie wohl an manchen Wochenenden ein paar Stunden Zeit hätte, sich der kleinen Sabrina anzunehmen? Im Studium stehe Sophie vor dem Bachelor, brauche Ruhe, um konzentriert zu lernen. *„Und deine Mutter?"*, fragte Stephanie verwundert. *„Ja, weißt du, sie springt auch ein, holt ihre Enkelin von der Krippe ab, beschäftigt sich rührend mit ihr. Aber dann wird es ihr plötzlich zu viel. Der Vorschlag stammt übrigens von ihr! Ja, sie meinte, du wärst in deiner ruhigen Art die ideale Oma. Und weißt du, ich muss Sabrina endlich taufen lassen.*

Willst du vielleicht ihre Patin sein? Ich meine, nicht gleich jetzt. Wenn du sie näher kennen gelernt hast, wenn du sie lieb gewonnen hast, und sie dich! Ich weiß, es ist zu früh für so einen Gedanken, aber auch dieser entspringt Mamas Ideenreichtum." „Das ist natürlich viel auf einmal", erwiderte Stephanie vorsichtig. Ablehnen lag ihr fern. Sie besprach das Angebot mit Kathrin, die ihr zuriet. *„Du wirst sehen. Es ist das Beste, was dir passieren kann. Du wirst aufleben, einen Ausgleich bekommen!"* Also begab sich Stephanie jeden zweiten Samstag in Sophies Wohnung, während die Studentin sich in der Bibliothek in die schwierigen Bücher vergrub. Sabrina, ein fröhliches Mädchen, dem das Fremdeln fern lag, gewann schnell das Herz ihrer neuen Aufpasserin, sodass Stephanie bald die Tage zählte, bis ihr Dienst wieder in Anspruch genommen wurde. Somit hatte sich eine Konfliktsituation aus der Vergangenheit nicht nur in Luft aufgelöst, sie hatte sich obendrein in das Gegenteil verwandelt, in Freude, in Einvernehmlichkeit. Stephanie ging einen Weg in Frieden und Ausgeglichenheit. Solange er währen würde. Der Augenblick zählte.

Literaturverzeichnis

Boshammer, Susanne, „Die zweite Chance. Warum wir (nicht allen) verzeihen sollten", Hamburg 2020

Bußmann, H., „Ich habe mich vor nichts im Leben gefürchtet", München 2011

Capote, Truman, „Kaltblütig", Zürich 2007

Eichler, Kl. D., (Hrsg.) „Philosophie der Freundschaft", Leipzig 1999

Flaßpöhler, Svenja, „Verzeihen", München 2016

Márai, S., „Die Glut", München 1999

Pieper, Annemarie, „Einführung in die Ethik", Tübingen 2000

Prinz, A., „Hannah Arendt", Berlin 2013

Rapsch, A., „Soziologie der Freundschaft", Stuttgart 2004

Safranski, R., „Goethe und Schiller, Geschichte einer Freundschaft", München 2009

Wickert, U., „Das Buch der Tugenden", München 2009

Herstellung und Verlag: BoD – Books
on Demand, Norderstedt
ISBN: 9783755797364